コロナ時代のパンセ

戦争法からパンデミックまで7年間の思考

辺見庸

毎日新聞出版

コロナ時代のパンセ

戦争法からパンデミックまで7年間の思考

〝まろうど〟の正体をめぐって――「序」に代えて

なんという時代だろうか！　充分に老いてひねくれてしまったわたしは、世の中のことに、もういささかの〈希望〉も抱いてはいない。本音を言えば、かつてのエミール・シオランのように、せいぜい「沈黙のまねび」ぐらいにしか救い（または居場所）はないだろうと思っている。しかし、そう嘯《うそぶ》いて気どったり韜晦《とうかい》したりするにはすでに不安の質量があまりにも大きく膨らみ、事態は手のほどこしようもなくなっている。必然、わたしがこれまでささやかながら持ちつづけてきた「世界像」も、とてもではないが使い物にならないほど狂いを生じはじめている。

まことにひどい時代ではある。なにがそんなにひどいのか？　読者はあいまいに苦笑するかもしれない。ひどさの所以を〈はい、これです〉とただちに言語化し指し示すことができないにもかかわらず、なお引きつった笑い（あるいは低い含み笑い）をみなが力なく笑うのだ。だれも、なにも得心してはいない。

価値の総体と意味の根源がズタズタに噛砕《ごうさい》され破断されたまま、〈ニューノーマル〉

とか〈ニューリアリティ〉とか〈行動変容のお願い〉とか〈新しい生活様式〉などという怪しげな言葉がプラスチック片のように飛び交っている。言語表現はついにねじれにねじれ、戦時のように変調をきたしてもいる。それが、一面の曠野《あらの》と化したいまという時代のどうしようもない悲しさ、空しさではないのか。

そして、ある日あるとき、曠野の彼方よりわたしたちを忍び足で訪《おとな》う白皙《はくせき》の者があった。一見して無害そうであった。その〝まろうど〟にどことなく見覚えがあった。COVID－19とも呼ばれるかれは、公然とそう名乗りはしないけれども、じつは価値の解体屋なのであった。〈善〉にせよ〈悪〉にせよ、ありとある価値と意味を引き裂き、解体し、無化してしまうのである。その心性は「自分がなにも信じていないということさえ信じていない」という『悪霊』のスタヴローギンにどことなく似ているかもしれない。

〝まろうど〟はいまもさりげなく人びとを教化している。なにより不正と闘うことの無意味を諄々と教えているようだ。とりわけ、命を賭して抗うことの無意味を諭す。〝まろうど〟は見かけはいかにももっともらしいが、ときにスタヴローギンのように、「何となく嫌悪を感じさせるようなところ」があった。たとえば〝まろうど〟は世界が徹底的に衛生的であり清潔であることが、思想を語り深めるより上位の原則であると説きもする。つまり、手指の消毒やいわゆる〈社会的距離〉の保持、はたまたマスクの着用があるべき人倫になりかわり、あるいは人倫よりも重大な義務であると言わんばかりなのだ。

〃まろうど〃はまた、COVID‐19の病理における〈偽陰性〉や〈偽陽性〉といった（まるでオセロの石のような）逆転と反転の可能性について語り、現在の〈真〉は明日の〈真〉ならずといった寒々しい疑心を伝播している。人間は自由に思惟する動物であるより、もっぱら医学的ないし生物学的柵や檻のなかにいつのまにか思考を完全に閉じ込められ、〈不潔な人〉〈マスクをしない人〉〈社会の衛生化《クレンズィング》に反抗する人〉を監視・摘発し排除したり、〈不潔〉と〈清潔〉の〃ゾーニング〃に憂き身をやつしたりしている。

　こうしてバイオセキュリティはバイオテロ対策とともに目的を無制限に広げ、治安や統治の概念ともなっている。COVID‐19とその変異株は、医学・生物学の領域を超えて、いまでは国家のありようにまで影響をあたえている。ここに、ある意味で古典的な疑念が生まれているのも故なしとしないだろう。〈人間とはなんであり、なんであるべきなのか〉という実存的思考の永遠の出発点が、COVID‐19という例外的脅威のために、封殺され没却する恐れがある。

　疫病根絶は疑いもなく人類史的使命である。しかし根絶にかこつけて非常事態を恒常化する見えない政治的意図がどこかではたらいてはいないか。社会はそれに荷担していないか。ないしは、人間存在という深淵にして厄介なテーマが、公衆衛生の名の下に軽視されてはいないか……。これはマスクをするかしないか、「密」を避けるかどうかといった常識の手前で沈思すべき問題である。

「人間たちは、永続する危機状況、永続する緊急事態において生きることにこれほどにも慣れてしまった」と慨嘆したのはジョルジョ・アガンベンであった。アガンベンはまた「自分の生が純然たる生物学的なありかたへと縮減され、社会的・政治的な次元のみならず、人間的・情愛的な次元のすべてを失った、ということに彼らは気づいていないのではないか……」と書き（「現代思想」2020年5月号による）、案の定、多くの論者から非難されている。しかしわたしはアガンベンの主張に、COVID-19の不当な過小評価よりも、コロナ禍でまちがいなく縮減されつつある人間存在へのまっとうな危機意識を感ぜずにはいられない。

結局、この世界的災厄のなかで目下勢いよく立ち上がっているものはなんなのか？　それは人ではなく〈国家〉なのではないか。もしくは、眠っていた内面の〈国家〉幻想である。まったく不思議というほかない。緊急事態宣言の発出をより強く求めたのは、じつのところ政治権力ではなく、民衆と野党であったのだ。私権の制限、自由の制約を厭わない人びとを果たしてわたしたちは想定していただろうか。

〝まろうど〟が連れてきた災厄は必ずしも新しいものではない。七年前、わたしは「ITが発達しIPS細胞技術がすすんでも、まるでひきかえのように失っているものがある。〈人間の内面への切実な関心〉がそれであり、〈貧者と弱者への共感〉がそれだ」と書いた。これらの「関心」と「共感」はいま、さらに薄れている。そうしむけた〝まろうど〟を招じいれたのは、誰あろう、わたしたち自身である。

コロナ時代のパンセ／目次

二〇一五年

二〇一六年

二〇一九年

二〇二〇年

二〇二一年

装画　小村希史
ブックデザイン　鈴木成一デザイン室

二〇一四年

しだいに剥《む》きだされていく恐怖について

たしかなことが、ひとつだけある。それはわたしたちのからだがいま、落葉期のミズナラの幹のように、しだいに剥きだされつつあることだ。ミズナラは、さしもぶあつく掩《おお》ってくれていたノコギリ歯のある卵形の葉が、らんぼうな野風につぎからつぎへと吹きちりしだかれて、黒褐色で不規則な裂け目のある樹皮につつまれたからだを、もうすでに寒気にじかにさらすまでになってしまった。なに、とくに醜くはないさ。だいじょうぶ、大きな変調はないさ。落葉は毎年のことなのだから……。さいわいにも、そうおもわせてくれるのが日常というものである。しかし、「である」は、このばあい、たんなる繫辞《けいじ》なのであって、当為（ゾレン）ではない。つまり、落葉し、ゴツゴツとした幹を剥きだすのは変調ではない、とただ言っているにすぎず、〈変調ではない、とおもうべきである〉ないし〈それが日常であるべきである〉という意思を、なにも含意してはいないのだ。ところが、ほんらいは命令でも当為でも意思でもない繫辞「である」を、わたしたちが「……であるべきである」と誤解するようになってから、いったい何十年がたつであろうか。

日常とは、繋辞「である」をもちいてかたられるとき、そんなにも錯覚をさそう摩訶《まか》不思議なものだ。ミズナラはたんにミズナラであるにすぎないのに、ときに、はなはだしくは、ミズナラはミズナラであるべきである、と断じられてしまったり、ミズナラはミズナラらしくあらねばならないと、期待されたりもしてしまう。ミズナラはいま落葉しつくしたとしても、来る春には枝の下から小さな雄の花序をたらし、葉腋《ようえき》には雌花がつくだろう。夏までには、逝った夏がそうであったように、ミズナラはまたモリモリと葉をしげらすだろうと、うたがいもなくみなされている。そうでなければ、ミズナラはミズナラではない、と。そうなのだろうか。

おそらく、わたしたちは無意識に怖れているのである。しだいに剥きだされているじぶんのからだを、痛々しいまでに剥きだされていると、どうしてもみとめたくはないのだ。怖れは眼前にたしかにあるのに、怖れがあるという事実を、まだうけいれることができないでいる。人間の身体は裸形を怖れて幻影をまとう、という。なに変わらぬ日常——それこそが幻影の最たるものであろう。ミズナラの林は、ブナの林とともに、冷温帯の代表的な、そしてありふれた植生であった。いまもそうであるのか、こんごもそうでありつづけられるのか——それはまったくべつの問題である。恐怖にむきあわなければならないときがきている。わたしたちがもしもミズナラであるとしたら、もはやありふれたそれらではなく、立ち枯れたミズナラではないのか。いつのまにか根腐れたミズナラではないのか。夜、ドーンドーンと、倒木しているミズナラではないのか。そして、そんないまは、戦時ではないのか。

足元の流砂

近ごろなににおどろいたかといって、「失業者、世界で2億人突破」のニュースほど、わたしをしたたかに打ちのめしたものはない。国際労働機関（ＩＬＯ）が発表した雇用情勢報告書は、昨年の世界の失業者が速報値で2億１８０万人と、史上はじめて2億人を突破したと述べたが、これは18世紀産業革命以来の人類史的大事件である。

当然、さまざまのことを連想した。１９２９年に発生した大恐慌以後、世界各国で失業が急増し、あの米国でさえ、「社会革命」が公然と唱えられたこと。米国の失業はニューディール政策でいったん減少したが、結局、第２次世界大戦による巨大な軍需産業の発生まで解決されなかったこと。20世紀末から今世紀にかけて、富の集中を避けるなんらかの手だてが打たれるのでは、という楽観が潰《つい》え、現実には、世界中で貧富の差が急速度に拡大し、最富裕層たった85人の資産総額が下層の35億人分(世界人口の約半分)に相当するほどに、事態が悪化してきていること。これら諸事実から演繹《えんえき》される未来は、どのように割り引いてかんがえてみても、階級闘争、内乱、テロ、戦争などの激動をまぬかれない。

さらにショックだったのは、「失業者、世界で2億人突破」という、わたしにとっては「号外」クラスの情報を、日本のマスメディアがあきれるほど小さく伝えるか、あるいはまったく報じなかったことである。株価に直接には連動しないとはいえ、これはなんという無感動と酷薄であろうか。失業者増加のほぼ半分を占めているのは、中国をふくむ東アジアと南アジア、つまり、われわれの隣人なのであり、若年層の失業者は2012年比70万人増の7450万人である。情報技術(IT)の革新によって、地球規模での社会・経済システムが大きく変化してきたことのなれのはてが、失業者の蔓延《まんえん》と少数者への富の集中である。いま、なにかとんでもない規模の流砂が足元で起きている。失業、富の集中、格差の拡大にくわえて、それらよりひょっとしたらもっと大切なことが目下、進行性のがんのようにひろがっているようにおもえてならない。

二〇一四年

それは、気づかざる不可視の「すさみ」だ。産業革命以来、未曽有の構造改革のなかで、勝者の物語ばかりをつむいできた奢《おご》りもそのひとつ。人間の群れを、労働力市場として安価か高価か、としてしか見ることができなくなった倒錯も、すさみの症例であろう。失業、富の集中、格差の拡大の過程で生まれているおびただしい貧者と弱者を、「自己責任」の問題と放りすてる発想も、今日的すさみの好個の例だ。

「失業者、世界で2億人突破」の世界史的事件への無感動と酷薄は、いわゆる「アベノミクス」に目のくらんだ者たちによるこうしたすさみから生じているのではないだろうか。ITが発達しIPS細胞技術がすすんでも、まるでひきかえのように失っているものがある。〈人間の内面への切実な関心〉がそれであり、〈貧者と弱者への共感〉がそれだ。まず足元の流砂をじっと見つめるほかない。

次の「まさか」を起こさないために

おどろいて天をあおぐことを仰天という。非常におどろくのを驚愕《きょうがく》ともいい、その結果、顔面蒼白、冷や汗、動悸、不眠、うろたえ、脱力など、身体的かつ精神的症状をていすることを「驚愕反応」と呼ぶらしい。このところその驚愕反応が毎日である。安倍首相が、国会での議論をへずとも、政府見解を閣議決定すれば、解釈改憲が成立し、集団的自衛権の行使が可能になるむねの発言をした。絶句。動悸、不眠、うろたえ、脱力、怒りの毎日がつづく。戦後とともに70年近くを生きてきたが、これほどまでに平和憲法と戦後の民主主義を憎み、人間よりも「国家」を大事にし、歴史的事実をくつがえすのに熱心な首相を見るのははじめてである。集団的自衛権の行使は現行憲法上みとめられないという方針は、かくも長きにわたった戦後の国会論戦の上になりたってきた。それを首相はじぶんの一存で左右できる閣議決定で変えるというのだから、立法府無視どころのさわぎではない。実際上、「立法権を政府に委譲せよ」と唱えたのにひとしいのだ。

この暴論で想起するのは、ヒトラー内閣が1933年に成立させた「全権委任法」(国民と国家の危難を除去するための法)である。「立法権を政府に委譲せよ」とせまった「全権委任法」によりドイツがどうなったか、だれもが知っているはずではなかったのか。国民主権と議会制民主主義を柱としたワイマール憲法は完全に死文化し、ヒトラーは独裁権を一手ににぎってユダヤ人迫害と対外侵略をくりかえし、39年、第2次世界大戦をひきおこす。「まさか」と安倍首相は苦笑しながら反論するにちがいない。その「まさか」

が、30年代の世界のおおかたの見方であったにもかかわらず、第2次世界大戦は起きたのである。日本国憲法も安倍内閣により死文化させられようとしている。どうすればいいのか。

このたび仰天し驚愕し絶句したのは、文字どおり法外な首相の発言内容だけではない。号外がだされたわけでも臨時ニュースが放送されたわけでも、緊急のテロップが流されたわけでもない、この社会の「おどろきのなさ」に、あきれて声もでなかった。オリンピックで日本選手がメダルをとったぐらいで大さわぎし、号外をくばった新聞も、とくに首相発言に怒っているふうはない。どころか、某大新聞などは国会無視の首相発言を支持する社説をかかげるしまつだ。第1次世界大戦勃発後100年、第2次世界大戦終結後まもなく70年の歴史的結節点のいま、なにか途方もないことが起きている。にもかかわらず、なにごともないかのような風景がある。それは、人間が出来事を深く記憶する動物であるのとまったくどうじに、出来事をはげしく忘れる生き物である、というアンビバレントな本質からくるのだろう。わたしたちはいま、恐るべきリアルタイム（実時間）に生きることを余儀なくされている。この実時間に、「個」としてなにを語り、どうふるまうかが問われている。次の「まさか」を起こさないために……。

オババが消えた

散歩道のイスノキが濃緑の葉っぱをつけた。足下では淡紫色の6弁の花がむっとするほどにおいたっている。いつの間に咲いたのか、ハナニラである。むこうからキジバトが2羽あるいてくる。1羽はからだより長い小枝をくわえ、その後をついてくるもう1羽は、「ククグッググクー」と喉の奥で鳴いている。子どもらの声が聞こえる。シモクレンがたくさんつぼみをつけ、それらが見る間にむくむくとふくらんでいくようだ。なにも問題はない、たぶん。交差点にきた。あれ、見なれたなにかがいない。陸橋のたもとにいるはずのオババがいない。そこでいつもプカリプカリとタバコをすっているはずの老女。あるいは、つらい悩乱のために、若いのにひどく老けてみえる、気にすまいとおもってもなにか気になる婦人。本人だけでなく、影がない。煮染めたような布団がない。ラジカセ、ペットボトルのお茶、カップ麺、灰皿……がない。それよりなにより、饐《す》えたあのにおいがまったく失せていて、いまはうっすら消毒薬のにおいがただよって

二〇一四年

いる。どうやら「クレンジング」されたようだ。交差点でわたしはあわてる。混乱する。オババはわたしの記憶ちがいだったのか。もともとそこにオババはいなかったのか。オババはなくてもよい記憶だったのか。

遠くの信号が青になったのだろう、風にのって「通りゃんせ」のメロディーが流れてくる。わたしは立ちつくす。だれであれ、「もはや隠《かく》れ処《が》など存在しない」。主体から「主体性」がうばわれ、世界からそれぞれ固有の「質」がうばわれた……と、言ったのはだれだったか。それと、オババの「消失」はどう関係するのか。「ククグッググクー」。またキジバトだ。酔っぱらったようなその声を背に、わたしは陸橋をのぼる。左側の手すりにしがみつき一歩一歩。ひょっとしてオババがいやしないかとおもって。やはりいなかった。「もはや隠れ処など存在しない」。「管理社会から脱落した者がつつましく冬をこすことすらもはやできなくなっている」。ああ、そうだ、T・アドルノが半世紀以上も前に言ったのだった。ヒューマニティーの喪失。そうだ。アドルノが言いたかったのは、しかし、おそらくそれだけではない。21世紀の管理社会では、システムとしてのヒューマニティーは、前世紀よりも、もちろん19世紀よりもはるかに向上している。ではなにが問題なのか。

アドルノによれば、ファシズムの時代にはひとびとを支配していたのはナチスのような「暴力団」であり、ナチス以降は管理社会がとってかわったけれども、じつは両者に決定的なちがいはない。19世紀末、落魄《らくはく》のアル中詩人にして一文無しのホームレス、ポール・ベルレーヌに献身的に手をさしのべた個人としての医者はたしかにいたが、管理化された社会では、形骸化した弱者救済のシステムらしきものはあっても、その分、人間の主体性が希薄になるので、ベルレーヌのような詩人もかれを本気で救うような医師も、ずいぶん少なかろう、というのだ。管理社会はひとというものの落魄をそもそもみとめはしない。管理社会では「落魄」はもう詩ではなく、たんに病理なのである。かもしれない。わたしだって、オババを内心、気にはしつつも、「見なれた風景」として、その場では息を詰め、悪臭を嗅がないようにして見すごし、やりすごし、そうすることによって、暴力的なクレンジングに暗黙の了解をあたえてきたのである。また風がきた。なにかがにおう。ハナニラではない。オババでもない。陸橋をおりはじめる。ああ、ジンチョウゲだ。甘い風である。ふと一首おもいおこす。甘すぎる歌。「沈丁花《じんちょうげ》みだれて咲ける森にゆき　わが恋人は死になむといふ」（若山牧水）。オババは死んだのだろうか。陸橋をおりきっても、わたしはそのことを気に病んでいるだろうか。

おれより怒りたいやつ

犬と暮らしていて、犬にはよく腹蔵なくしゃべるのだけれども、生きているかぎりは、人とも話さないわけにはいかない。よくしたもので、犬は反論も、まぜっかえしもせず、わからないなりに、一心に（かどうか断定はできないけれど）聞く一方である。人はそうはいかない。たがいに皮肉めいたことも言えば、なにやら衒《てら》ってみたりもする。怒ったり、嘆いたり、怒ったふりをしたり、さして嘆いてなんかないのに嘆くふりをしたり、腹蔵あるのに、腹蔵ないふりをしたり、バカなのに利口ぶったり、賢いのにアホウのふりをしたり、おかしくもないのに笑ったり、気がついているのに気づかぬふりをしたり、歌いたくないのにキミガヨを直立不動までして歌ったり、それもまずかろうと口パクでなんとなくその場をごまかしたり、相手によって言を変えたり、言を左右にして言質をあたえなかったり……まあ、忙しいことこのうえない。

人というものの、これが哀しくも複雑で滑稽な心性なのである、と言うは易《やす》いけれど、じいっとかんがえていると、相手の真意だけでなく、おのれの本音も判然としなくなるから困る。雑誌の対談を恙《つつが》なくこなしたはいいが、ゲラを見て、仰天したことも一再ならずある。えっ、こんなことをじぶんが言ったのか、と。腹にあることと口からでた言葉が大きく、ないしは微妙に、乖離《かいり》しズレるのはしょっちゅうである。石原吉郎の詩に「泣きたいやつ」というのがあって、「おれよりも泣きたいやつが／おれのなかにいて／涙をこぼすのは／いつもおれだ／おれより泣きたいやつが／泣きもしないのに／おれが泣いても／どうなりもせぬ……」と愚痴るのが、なんだかひどく身につまされる。

この世はいま、泣くよりも先に、腹のたつことばかりなので、わたしの場合、「おれよりも怒りたいやつが／おれのなかにいて／怒鳴るのは／いつもおれだ／おれより怒りたいやつが／怒鳴りもしないのに／おれが怒っても／どうなりもせぬ……」とあいなる。これはよくよくおもえば、しかし、けっしてあきらめではないのだ。口をついてでる怒声や憤りの言葉は、たいてい内心の怒りの膨大な質量に釣りあわない、さっぱり追いついていない。そんな焦りや自省がつねにある。だれかを大声で口汚くののしるのが、そのまま内心の怒りと過不足なくピタリとかさなるなんて、まずない。

一方で、ファシズムの時代を生きたブレヒトは、ときには顔をゆがめて声を荒げることもしかたがないのだ、という趣旨のことを詩に書いていて、わたしも大賛成なのである。「とはいえ、無論ぼくらは知っている。／憎悪は、下劣に対する憎悪すら／顔をゆがめることを、／憤怒は、不正に対する憤怒すら／声をきたなくすることを」（「のちの時代のひとびとに」野村修＝訳）。顔をゆがめ、声をきたなくするから、怒るなかれ、ということではないのだ。この詩のでだしは「……ぼくの生きている時代は暗い。／無邪気なことばは間が抜ける。皺《しわ》をよせぬひたいは／感受性欠乏のしるし。笑える者は／おそろしい事態を／まだ聞いていない者だけだ」である。ブレヒトの言う「暗い時代」とは、どうやら、「不正のみ行われ、反抗が影を没していたとき」らしい。わたしたちのいまに少し似ていないか。

迷う。わたしはじぶんの罵声を正当化したくなる。だが、内奥の憤怒の質量に、はりあげた声と言葉が追いつかない、見あわないことも事実なのだ。おれより怒りたいやつが、おれのなかにいて、じぶんの罵声をうたがうわけである。ごく最近、朝鮮語由来かもしれないのだが、「清怨《せいえん》」という言葉があるのを知った。静かに怨《うら》み、憎む、しかし、一歩も退かない、というニュアンスだろう。これだな、とおもう。もっとも深く怒るのは、もっとも静かに怒ることなのかもしれない。

青空と気疎《けうと》さ

二〇一四年

なかなか語りにくいことではあるけれども、きょうびからだのなかにスコーンと抜けるような青空がひろがるようなことはまずない。口にはださねど、なにがなし精神の曇天のなかで鬱々《うつうつ》とくらしている。会社、病院、駅、スーパー……で、すれちがうひとの顔に、いとわしいというのか、うとましいというのか、複雑にして多層の屈託と焦燥、疲れをかんじたり、そうかとおもうと、トイレの鏡にうつるじぶんの顔が屈辱と恥辱にゆがんで見えることもある。わたしたちはおそらく自他の発する言葉そのものをあまり信じなくなっているのであり、そうであるがゆえに、疲弊し、どこか気疎い感情から逃れられなくなっている。

それもあって、関西電力大飯原発3、4号機の運転差しとめを命じた5月21日の福井地裁の判決に接したとき、うれしさよりもさきに、われとわが身をつねってみる気分になった。いつもならば木で鼻をくくったような司法の言葉なのに、このたびはいっそ懐かしいひとの温《ぬく》みと理想への意欲がかんじられたからである。とくに、「人格権」という忘れかけていた言葉を聞いて、すわりなおした。原発の稼働は憲法上、人格権の中核部分よりも劣位に置かれるべきだ、つまり人格権は原発より上位にある、というのである。おもえば、ごくあたりまえのことである。「原子力発電に内在する本質的な危険」もくりかえし指摘された。福島原発事故の惨憺《さんたん》たる経験にたてば、これも理の当然なのだ。

人格権は、富める者と貧しい者とを問わず、人間存在の尊厳に直結する諸権利の概念であり、憲法13条の「幸福追求権」からもみちびかれる基本的人権のひとつである。この権利はほんらい、民法や商法など私法上の権利だというけれども、「生存権」とともに、私法、公法のべつない普遍的概念であるべきだ。判決は「人格権を放射性物質の危険から守る観点からみると、安全技術と設備は、確たる根拠のない楽観的な見通しの下に初めて成り立つ脆弱《ぜいじゃく》なもの」と断じ「原発停止で多額の貿易赤字がでるとしても、豊かな国土に国民が根を下ろして生活していることが国富であり、これを取り戻すことができなくなることが国富の損失だ」と言う。論旨は、画期的というよりも、人びとのしごくまっとうな本音を代弁している。

でも、ずいぶん不思議な話ではないか。ごくたまにまっとうなことを言うと、びっくりされ、画期的とまで称される。つまりは、それほどに、この世はまっとうではなく、身も心もまっとうでないことに慣らされている。いま生きることの気疎さとそこはかとない屈辱感は、条理にかなわぬことに、知らず知らずに、従わせられていることからくるのではないか。判決の要義が、原発というものの〈根本的不可能性〉の指摘にあるのは明らかであり、控訴されたにせよ、そのことをひるまず揚言した判決には、つかのま青空を仰いだような救いをかんじた。しかし、トルコなどへの原発輸出を可能にする原子力協定が、自民、公明、民主各党の賛成多数で承認され、政府は原発を「重要なベースロード電源」として再稼働路線を変えていない。この国の権力者は、福井地裁判決を歯牙にもかけず、自国だけでなく他国の住民の人格権までおかすのをなんら恥じていない。青空を求めてはいないない。

「戦間期」の終わりと第3次世界大戦

二〇一四年

おもえば怖ろしい言葉もあるものだ。長らく忘れかけていたのだが、「戦間期（interwar

period)」という言い方があるのを最近おもいだした。大戦と大戦のはざまの期間という主に欧州史の表現で、第1次大戦の終結（1918年）から第2次大戦の勃発（1939年）までの約20年の期間を指す。日本はと言えば、1931年の満州事変から1945年の太平洋戦争敗戦まで、いわゆる「十五年戦争」をたたかっていたのであり、欧州の戦間期とはピタリとはかさならない。だがしかし、人間とはよくもまあ、のべつ戦争をやらかす生き物だなとため息をつかざるをえない。第1次大戦は、欧州では普仏戦争以来約40年ぶりとなる大規模戦争であった。日本は第1次大戦参戦以前に、日清、日露戦争をたたかって強国としての悪しき自信をつけ、第1次大戦後は連合国の主要五大国の一国としてパリ講和会議に出席、国際連盟の常任理事国となって「列強」の自意識をますますつよくして、第2次大戦で、とどのつまりどうなったかはご存知のとおり。

戦間期という言い方にならえば、いまは第2次大戦終結から第3次世界大戦勃発までの約70年におよぶ「第2次戦間期」と言えなくもない。が、かくも長きにわたった第2次戦間期はついに終わりをむかえつつあるのではないだろうか。つまり、第3次世界大戦が近づいているのではなかろうか。と言えば、まさか、と笑われそうだ。けれども、人間がじぶん個人についておもうイメージと人間一般の現実をごちゃ混ぜにすることはできない。これまでの歴史的事実にてらせば、人類世界は新たな大戦に突入していてもおかしくはないのである。第1次大戦は勃発当初、笑うに笑えぬ話だが、「諸戦争を終結させる戦争（War to end wars）」と呼ばれたこともある。人間一般の現実からすれば、われわれはおそらく、すこしも賢くはないのだ。むろん、第1次も第2次大戦も早くから予想された戦争ではなかった。である以上、第3次大戦は早くから予感されたほうがいいし、防止するにはどうすればいいかを人間の全叡智《えいち》をあつめてかんがえるに如《し》くはない。

歴史はいま、あまりにも逆説的に展開し、あちこちで得体の知れない妖気さえみせはじめている。グローバル化によって人間の普遍的価値のみなおしやマクルーハンが予想したように「地球村」的意識やボーダーレスの連帯感が生まれるとおもいきや、金融資本と商品がグローバルに運動し、世界がモノとカネで均質化されればされるほど、格差と不平等が増大し、民族主義と自民族中心主義、宗派対立がすすんで、「バルカン化」と世界のアノミー（混沌《こんとん》）化が怒濤《どとう》のような勢いでひろがりつつある。戦争を誘発しかねないホットスポットは各国に拡散、徐々に世界的な戦争構造を形成しているようにもみえる。イラク、シリア、ウクライナなどであらわれている、人間の底方《そこい》なき「蛮性」と国家の破綻ぶりはどうだろう。集団的自衛権行使をねらう日本が世界的な戦争構造から無縁でいられるともおもえない。

二〇一四年

ときあたかも第1次世界大戦勃発後100年にあたることしは、これも歴史の摩訶《まか》不思議か、第1次大戦前夜の空気に似てきているとも言われる。34代米大統領アイゼンハワーにさして興味はないけれど、次の言葉はけだし至言である。「第3次世界大戦に勝つただひとつの方法は、それを防ぐことだ」

「事実」の危機

事実とはなんだろうか。「現実におこり、または存在する事柄」が、大辞林による事実の定義である。言いかえれば、現実の世界におき、在り、そして在ったことが事実にほかならない。平明なことだ。平明であるべきはずのことである。ところが、ウクライナ東部でおきたマレーシア航空機撃墜事件では、だれがロシア製の地対空ミサイルを発射して同機を撃ち落としたのかをめぐり、事実がまっぷたつに割れている。ウクライナからの分離を主張する親ロシア派武装勢力のしわざという事実とウクライナ政府軍の犯行という事実――二つのことなる事実が、298人の死者たちをつつむ薄明に不気味な黒い錘鉛《すいえん》のように宙づりになっている。傍目《はため》には親ロ派の誤射説がかくだんに有力とおもわれるけれども、親ロ派もロシア政府も非を認める気配はなく、みずからがかかげる事実の傍証と、敵対する側の事実への反証を強調するのに忙しい。

こうなると、事実はすこしも平明でないどころか複雑怪奇でさえある。出来事がおきると「非を飾る」者がでてくるからだ。非を飾るとは、じぶんの過ちをごまかして言いわけをするという漢語で、そう言ってしまえば、およそ国家や組織でおのれの非を飾らないものはない。枚挙したらきりがない。たとえば、2003年の米軍のイラク侵攻は、フセイン政権が大量破壊兵器を保有しているという口実でなされたが、その事実がなかったにもかかわらず、2010年まで戦闘行動がつづけられ、おびただしい数の人びとが殺された。「非を飾る」ということは、ひとつの事実を力で消去してべつの事実をねつ造することでもある。そして、事実のねつ造がはげしくなるときには、かならずといってよいほど戦争がおきている。満州事変、盧溝橋《ろこうきょう》事件、南京大虐殺、従軍慰安婦……。

事実は危機に瀕《ひん》している。気がつけば凍りつくほかないのだが、事実としてすでに「確定」していたかにみえた右の史実のいずれにもいま、日本では疑義がさしはさまれ、「在った」ことがばあいによったら「なかった」ことにされかねない勢いさえある。そんなときに、まことに遅ればせながら『南京！南京！』という、南京大虐殺をえがいた中国映画（09年、陸川《ルー・チュアン》監督）をみて絶句した。酸鼻をきわめる無差別殺戮とレイプシーンにいまさらおどろいただけではない。1937年12月から翌年1月にかけて日本軍が南京で犯した一連の暴行略奪虐殺事件が、一日本兵士の視線（より正確には、陸川監督が想定した一日本兵の視点）から描写されていたことと、監督が71年生まれという戦争をまったく知らない世代であることに、正直、うろたえた。狼狽《ろうばい》しつつ、おもった。事実とは、それじたいとして単独であるものではなく、他者によってそのように見られ、感じられ、語りつがれ、記憶され、内面に構築された「像《イメージ》」でもあるのだ、と。

聞けば、『南京！南京！』は、諸般の事情から、日本の一般館では公開されなかったようだ。惜しい。日本という事実は「積極的平和主義」「美しい国」などと自己申告すればそのまま承認されるというものではない。日本と日本人、その過去が他者からはどう見られているか——をふくめて、事実がはじめて立体的にたちあがる。おのれの非を飾るのではない事実の希求には終わりがない。おそらく文化とはそういうものだ。

時の川の逆流

どうしたことだろう。時の川が、未来にではなく、まるでいっせいに過去にむかって流れているようだ。なにか容易には説明のつかない大逆流が世界中におきている。おかしい。世界は資本、市場、テクノロジーのグローバル化により遠くはなれた各空間が日に日に等質化し、それによって人びとのあいだにかつてよりも普遍的な意識と友情がつよまり、地球規模の連帯感が増して、他民族・他人種・他宗教・異文化の受容と理解がすすむだろう……これが前世紀末までの楽観論の主流であった。電子メディアの発達で時空間の制約がなくなり、世界はひとつのグローバルビレッジ（地球村）として対話し依存し助けあうことになる。未来は明るい。そのはずではなかったのか。しかし、ありようは逆である。

おもわず息をのむ。えっ、ひとはここまでグロテスクだったのか。この殺意はいったい、どこからきたのか。ひとはどうしてここまで残忍になれるのだろうか。なぜそれは

二〇一四年

正当化されるのか。ひとはなぜこうまで非人間的なのか。ひとがここまでひとをおとしめ、憎みぬくわけはなんなのか。ひとはなぜこうも理解しあえないのか。言葉はなにゆえこんなにも無力なのか。こうした、かつて幾度も追究されたことのある根源の問いを、かつて以上に真剣に問いなおさざるをえない光景がいま、眼前にいくつもある。電子メディアは不条理に満ちた世界の諸現象を24時間、即座にリアルに伝え、異様な殺戮という殺戮を決して見落とすということがない。ニュースは掃きすてたくなるほどあるのだ。解説も山ほどある。ただし、決定的にないものがある。「なぜ?」への腑《ふ》に落ちる答えである。

とまれ、世界はグローバル化し統合化され均質化されればされるほど、言いかえれば、きれいごとがかたられればかたられるほど、一方で、逆に細分化と分節化、断片化がすすみ、人びとはディスコミュニケーション(相互無理解、伝達不全)という黯然《あんぜん》たる断層により深く閉ざされている。グローバル化は人間世界を分断してもいるわけだ。それを裏書きするのが、グローバル化とともに発症した病である。かつては見た目、平穏だった地域や国家が、とつぜん、血で血を洗う無残な抗争をはじめ、小さな共同体や国家に分裂していく世界の「バルカン化」がそれである。ここでも「なぜ?」への得心がいく答えはない。不可思議というほかない。テクノロジーの発展で面貌を一変した社会が、新しい未来にではなく、むしろみずからの古典的起源やアイデンティティを求めて歴史の川を遡行《そこう》していく。時をさかのぼりつつ、人はどんどん野蛮になっていく。

例えば、イスラム教スンニ派の過激な組織「イスラム国」は、グローバル化の過程でおそらく咲くべくして狂い咲いた黒い花である。かれらは第1次世界大戦中に列強が勝手に線引きして決めた中東の国境線を否定するだけでなく、歴史を7世紀のイスラム帝国に戻すことまで目指してもいる。反対者には斬首をもって臨む。なぜそうなのか。わからない。かれらには残虐という自覚はない。

グローバル化という名の、そのじつ、世界の米国化をすすめる残忍な資本に悪意がないように、自覚的な害意はないのである。したがって、今後おきるであろう戦いは、善対悪ではなく、主観的善対主観的善のそれである。パンドラの箱は開けられ、ありとある罪悪と災禍がすべて飛びだした。箱の底にかろうじて残ったという「希望」。だが、それはまだたしかめられてはいない。

70年

どうしてこの人たちはこんなにうれしそうに笑っているのだろうか？　なにもうれしくはないこちらのほうがおかしいのか。どこか変なところに迷いこんでしまったのだろうか。このところ、そんな夢からさめたばかりのような訝《いぶか》しい心地になるのがしばしばである。

茫々《ぼうぼう》としてなんだかおぼつかない。不安でもある。見当識というのかオリエンテーションというのか、じぶんのあるべき位置、周囲の状況、それとこちらとの関係がよくわからなくなる。だから、人に会うたびによくたずねる。こちらの頭がおかしくなったのかなあ。キツネにつままれたような顔をされる。中国の故事「爛柯《らんか》」をおもう。ある木こりが子どもたちの打つ碁をナツメを食べながら夢中で見ていた。ふと気がつくと、いつの間にか斧《おの》の柯《え》が爛《くさ》っており、かつていた人はだれもいなくなっていた。

時はかならず人をおきざりにして走ってゆく。邯鄲《かんたん》夢の枕という。烏兎《うと》匆匆《そうそう》という。月日に関守《せきもり》なし、ともいう。だが、そんなことではない。そんなことを言いたいのではない。栄枯盛衰のはかないことは世の常などとうそぶいて、ことをすまそうというのではないのだ。「いま」とは、いったい、なんなのか。声はなぜこうまでとどかなくなってしまったのか。ことばはいつからこんなにも身体から離れてしまったのか。わたし(たち)は、たぶん、なにかを侮《あなど》った。だからわたし(たち)もなにかに侮られているのではないか。なにか、とはなにか。よくよくかんがえてみれば、それは〈ことば〉であり、それを発する〈人間〉であり、それを発し、受けとめるときの人の〈切実さ〉ではないのか。〈ことば〉〈人間〉〈切実さ〉を侮り、高をくくり、軽んじてきたから、それらから逆に見はなされているのではないのか。それが「いま」の内実ではないか。

といったようなことを、ゆくりなくも(じつに、おもいもかけず!)おとずれた70歳の誕生日に、自問自答した。痛切に自問した。答えを、はらわたからやっとしぼりだした。わたしはなにもうれしくはない。うれしそうに笑っている連中の腹がよくわからない。敗戦の前年、原爆投下の前年に、わたしは生をうけた。そのとき父は中国で戦っていた。中国人を殺したかもしれない。殴ったかもしれない。慰安所のまえにならんだかもしれない。そうしたことは父にはなかったのかもしれない。なかったかもしれないが、あってもおかしくはない切実な状況にかれがいたことは、生前口にした片言からまちがいない。父はがんで死んだ。死の床でうわごとを言った。「熱い。熱い。ジュウソウ(銃創?)

が熱い。ラムネをくれ……」。ことばが切実だった。ことばは最期まで身体から離れることができなかった。

いくどか倒れふしながら、わたしもここまで生きのびた。なにとともに生きのびたのか。無数のことばたちとともに生きのびた。そのなかには憲法第9条第1項と第2項がある。これが、じぶんと国家をからくもつないできた、ほとんどひとすじの、なけなしの思想である。これらのことばは、生きる〈人間〉とその存在の〈切実さ〉なしには決して支えられない。わたしはいま、なにもうれしくはない。

5W1H

さっぱり要領をえない。なにが？「イスラム国」「エボラ出血熱」「大火山噴火の確率」「観劇会」「うちわ」「SMバー」……の解説が、どれもさっぱりわからない。結果的に生じている現象はいちおうつたえられても、諸現象の原因と本質についてはだれもその芯を言いえていない。テレビをみていても、キャスターや解説者の目が泳いでいる。たぶんかれらも確信がないのだ。〈だれが〉〈なにを〉〈いつ〉〈どこで〉〈なぜ〉〈どのように〉という、言語表現における最低要件が、ほぼかならずといってよいほど、どこか欠落している。とりわけ〈なぜ〉がダメだ。できごとをかいなでするばかりで、〈なぜ〉こうなっているかの掘りさげ、つっこみがほとんどない。これからどうなるか、という予測となるとさらにダメだ。明日かせいぜい1週間後くらいのことしかかたることができない。結果、事態がどうやら、てんやわんやらしい、ということをむなしく感じるのみなのだ。

むかしがよかったとはおもわない。むかしだって、そうじて、てんやわんやだったのだ。ただ、報道機関に入社したとき、耳にたこつくほど教育されたのは、5W1Hだった。この発想はあながちわるくはなかった。ニュース原稿の最初の段落(ファースト・リード)には、Who(だれが)、What(なにを)、When(いつ)、Where(どこで)、Why(なぜ)、How(どのように)したのかがふくまれていなければならない。そうでなければまともな記事ではない。そうたたきこまれた。教育する先輩も、拝聴するわたしも、世界のできごとはきまって5W1Hによって構成されているという確信と常識と信仰を共有していたとおもう。いまならコンプライアンスとやらにさわるらしいが、職場でバカ、マヌケ、デキソコナイといった不規則言語が、あたかも餅つきのかけ声のようにとびかっていた。平気だった。コンプライアンスなんてことばは聞いたこともなかった。とにかく、5W1Hのほうが大事だったのである。

いまはコンプライアンスばかりが大事にされて、5W1Hの追求がないがしろにされているのではないか。そうおもうことがある。5W1Hもコンプライアンスも国産の思想ではない。主として、日本に原爆を落とした国からの輸入である。そこがおもしろいといえばおもしろい。女優の故左幸子さんから聞いたはなしだが、戦中の紀元2600(1940)年のさわぎたるや、〈だれが〉も〈いつ〉も〈なぜ〉もあったものではなく、神武天皇の即位から2600年を、歴史的疑問もうらづけもヘチマもなく祝い、ただただ「神国日本」の国威発揚をやみくもに徹底させようとぜんこく津々浦々がてんやわんやだったのだという。南京陥落(1937年)祝賀の提灯行列だってそうだ。5W1Hは皆無で、「聖戦勝利」をほとんどの日本人がむじゃきに信じていたのだ。「イスラム国」の出現とつたえられる野蛮なできごとには、まるで悪鬼がおどる夢幻劇でもみるように唖然《あぜん》とするばかりだ。5W1Hという基本を欠くためであろう。しかし、ふと心づく。夢幻劇上演の先輩はこちらだったのだと。そして、できごとはいま、ひょっとしたら5W1Hをうしないつつあるのではないかとさえいぶかる。

二〇一五年

民主主義の落とし穴

本稿が読者の目にとどくのは、衆院選が終わり、与野党の勢力地図が変わって、政治・社会情勢がまた新たな方向に大きくうごきだしているころである。現時点でそのいかんを占ったところでなんの意味もないけれども、予感と不安については、後学のために、記しておいたほうがよいかもしれない。予感というよりこれは確信にちかいのだが、わたしたちの内面は、またもうそ寒い失意と空虚の風に吹きさらされるのではないか。「自由なのは、議員を選挙する間だけのことで、議員が選ばれるやいなや、人民は奴隷となり、(自由は)無に帰してしまう」というジャン・ジャック・ルソーの18世紀のことば(『社会契約論』)を、まことに残念ながら、21世紀げんざいにあっても、究極の〈真理〉に相似する皮肉であるとみとめざるをえなくなるときが選挙後にやってくるはずだ。「信を問う」という、いかにも耳ざわりのよい政治の常套句《じょうとうく》が、じつは議会制民主主義と民心をもてあそぶ、悪政隠しと権力維持のためだけのトリックであったことも選挙後には判明しているだろう。

国内総生産（GDP）成長率が2期連続マイナスだったことなどで、二言目にはさも得意気にかたられてきたアベノミクスなるしろものが、砂漠にありもしない金ぴかの大宮殿を見るような幻視か幻覚であったことがはしなくもあきらかになった。その目くらましのために、野党勢力が脆弱《ぜいじゃく》なうちに選挙にうってでた――という安倍政権のもくろみは、およそ民主主義とは無縁のものである。集団的自衛権行使の閣議決定という戦後政治の重大な路線変更について、この政権はただちに民意に諮《はか》っただろうか。特定秘密保護法の強行採決について、国会を解散して信を問うただろうか。選挙で民意の代表者を選び、市民の権力の行使をその代表者に信託することによって、市民が間接的に政治に参画し、市民の意思を反映させようというのが議会制民主主義＝間接民主制である。選挙に勝ち、権力行使を信託されたのだから、少数意見を無視し、なにをしてもかわまないということではない。

法人税をひき下げ、社会保険料をひき上げ、社会保障をきりすて、介護保険を改悪し、生活保護費をひき下げ、環太平洋連携協定（TPP）をすすめ、大企業のおもわくどおりに非正規雇用をふやして、貧者と弱者をどこまでもしいたげ、富者をよろこばせ、格差をますます拡大し、軍備を増強し、兵器を外国に輸出する――ことは、議会制民主主義下で市民の信託にこたえていることにはならない。原発再稼働も、集団的自衛権行使の違憲立法も、労働者派遣法の改悪も、労働法制の規制緩和も特定秘密保護法も、選挙ですべて再信任をえたとして、自公政権がこのまま爆走に爆走をかさねていくのだとしたら、なんのための解散、なんのための選挙、なんのための民主主義だろう。

ナチスが1930年代のワイマール憲法下で、いわば〈合法的かつ民主的〉に独裁政権を確立したことは、民主主義の政治史でもっとも重大な汚点であり、教訓であった。すなわち、民主主義とは、その制度じたいとして強靭でもすぐれているというわけでもなく、権謀術数をめぐらす者たちにとっては利用しやすい、つまり壊れやすいシステムなのである。

権力行使を選挙の勝利者（多数者の代表）に信託するだけでは議会制民主主義の活用ではなく、むしろ民主主義の放棄である。選挙の勝利者の言動を市民がたえず監視し、選挙民個々人がそれぞれのやり方で不正とたたかい勇敢に発言することなしに、民主主義が生きるすべはない。〈選挙が終われば人民は奴隷〉というルソーのしたたかな皮肉を返上できるかどうかは、結局のところ、政治から疎外され政治により侮られているわれわれ個人の痛苦な自覚と反抗にかかっている。

メルクマール

寒流と暖流などことなる二つの潮流のであうところを、「潮の目」または「潮目」というらしい。それはしばしば「帯状の筋」となって海面上にあらわれるというから、見た目にもはっきりとしているのだろう。しかし、歴史の潮の目となると、海面の帯状の筋ではないのだから、万人が実時間にそう感得できるかどうか、うたがわしい。

画時代的な歴史の潮の目を、ことさらに「メルクマール」（目印）とドイツ語で呼ぶとしても、そのような目印があらかじめカレンダーに記されているわけでもなく、それはかならず事後、相当の時間をへてから、「すでに経験された過去」の一覧である年表のなかにゴチックで記入されるのみなのである。つまり、できごとというのは、後に年表になるときには一定の価値判断がくわえられているけれども、実時間にあっては、大事とも小事とも、吉兆とも凶兆とも、それが歴史の分岐点か否かも、判じられていないのがふつうである。そのことにいまさら感じ入る。

あの「奇跡の人」ヘレン・ケラー（1880～1968年）のことを何げなくしらべて

二〇一五年

いて、棒で頭を打たれるように、メルクマールということにおもいあたった。知っているようでなにも知らないとはこのことだ。彼女は生涯に3度も訪日し各地を講演旅行していたのだった。初来日は1937年4月のこと。新聞各紙は彼女を「聖母」と呼んでもてはやし、「共に光を仰がん」などと大見出しをたてて、連日、ヘレン・ケラー歓迎記事をきそって掲載した。新聞の縮刷版でしらべたのだが、まさに平和そのもののヘレン・ケラー関連記事の近くに、「いよいよけふから／徴兵検査始まる／五尺未満も大威張り」の見出しがあるのにびっくり。兵役法施行令が改正され、徴兵検査の身長が5センチ引き下げられ、視力・聴力検査の合格基準も緩和された。いつのまにか兵力大動員体制に移りつつあったのである。

この年は空前の好景気で、浅草六区の1月の訪問者はなんと約1千万人。明るいニュースにはこと欠かなかった。英国王の戴冠式見学をかねた富裕層むけのヨーロッパ一周旅行（期間3カ月、費用6千5百円）の募集広告がでた。日本初の本格的カーレース、第1回全関東自動車競走大会がひらかれ、甲子園球場では第1回プロ野球オールスター東西対抗戦がおこなわれた。このときの東軍投手がシーズン24勝し最高殊勲選手となった沢村栄治投手で、日本中の話題をさらう。女性にグライダー人気がたかまり日本最初の婦人グライダー団体・大日本航空婦人会が設立され、国鉄はおとぎ列車の「ミッキーマウス・トレイン」を走らせ、この年竣工《しゅんこう》した大阪国技館では、こけらおとしとなる大相撲大阪場所が開幕、連勝中の双葉山人気もあって連日超満員。縮刷版を読んでいて目が眩《くら》んだ。世情は沸きたっている。しかし、これは明るいというより、暗黒へとひた走るいっときの「狂騒」にすぎなかった。いったい何人がそれに実時間で気づいていたか。

ヘレン・ケラー来日からしばらくして、盧溝橋事件に端を発し日中戦争が勃発。特高の監視のなか障がい者福祉の重要性をうったえていたヘレン・ケラーは予定を早め逃げるようにして帰国した。株価は大暴落。内務省はすでに治安維持を理由にメーデー禁止を決定していたが、さらに「軍事機密保護法」を改正、公布し、報道規制を強化した。「国民精神総動員運動」のなか、NHKは「国民唱歌」の番組を開始し、その第1回は「海ゆかば」。勝ってくるぞと勇ましく……の「露営の歌」もはやりにはやった。「皇軍」は戦線を拡大し南京を占領、日本全国で南京陥落祝賀の提灯行列がおこなわれたが、一方で、民政党の加藤勘十代議士や山川均ら労農派理論家および日本無産党関係者ら約450人が全国で一斉検挙。けれども、時代の気分はそうじて明るく高揚していた。「見よ東海の空明けて」にはじまり、「四海の人を導きて　正しき平和うち建てん……」の「愛国行進曲」でこの国は沸騰していた。実時間にはメルクマールも潮の目もあったものではないのだ。ヘレン・ケラーの再来日は原爆投下後の48年だった。ため息をつく。

やさしさの怖さ

友人の父がまた入院した。ときどき意識がうすれ、食べ物の飲みくだしがむずかしくなるので、どうしても付きそいと介助がいる。ひとり息子の友人は去年、仕事を休み、両親の介護に明けくれたすえに母を喪《うしな》ったばかりで、心身ともに疲労の色が濃い。

絞りだすようにつぶやいた。「生きるってのは……ずいぶん屈辱的なんですね……」。ドキリとしたまま返事に窮する。屈辱的とは、父親のことか、じぶんのことか。それとも、いま生きてある人間たちぜんぱんについてそうなのか。屈辱の意味と所在についてせんさくし、わたしはおもいを沈めた。友人が察して話題を変えてくれた。意識が遠のく父の耳に「お父さん、お父さーん！」と懸命に声をかけていたら、肝心の父親ではなく、隣の病床の患者が「はーい」と明るく返事したのだという。だんだんからだをうごかさなくなる父に、せめて手くらいはなんとかさせようと、「はい、グーパー、グーパー」と号令をかけていたら、さっぱり応じないのに、認知症もあるらしい隣の患者がしきりに「結んで開いて」をやっていたとか。笑えないが、笑ったふりをした。

友人の父はかなりの高齢である。息子以外に身よりはない。疲れようがお金が尽きようが、どうあっても放りだすわけにはいかない。病院からおいだされ、寒天下、パジャマのまま裸足《はだし》で街路によこたわる骨と皮の父を想像して、ぞっとしたことがなんどかあるらしい。吐くようにかれは言う。

以前はちょっと病状がよくなると、すぐに退院をすすめられてあわてた。いまも医師の視線が気になる。じぶんと父にとってはきわめて切実な〈生き死に〉の問題なのに、医師と病院側にとってはありふれたルーティンワークにすぎない。つい医師の目をうたぐり深くのぞきこむようにしてしまう。もちろん医師は口にはださないけれども、〈もういいんじゃないですか……〉とおもっているのではないか。そう訝《いぶか》ってしまうという。こんなに生きたのだから、もう十分じゃないのか。腹の底ではそうみなしているのではないか。おもいすごしかもしれないけれど……。

病院側はだれもことばはやわらかい。けっして暴言を吐いたりはしない。患者を理不尽に叱ったりもしない。だが、それ以上でもそれ以下でもない。治療にとくに熱心でも、観察するところ、ことさらに手抜きをしているのでもなく、さりとて、べっしてやさしいわけでもない。問題の析出は容易ではない。老いおとろえたか弱い〈生体〉の危機をめぐり、しかし、病院は、いや社会ぜんたいが、なにかシステマティックに、無機質に乾ききり、それに慣れっこになっているのではないか。法的にはなにも問題はない。ただ、法的に問題がないことが、ただちに人間的に、あるいは究極の人間倫理にかなうかどうかはまたべつのことじゃないか。治療費、入院費をはらえず、病院がなおるみこみもない患者を、強制的に〈たたきだす〉のではなく、ていねいなことばで〈退院していただく〉からといって、それが暴力ではないなどと言えるのだろうか——院内のカフェで、疲労困憊《こんぱい》した友人がしわがれた声ではなしつづけた。

帰途、ふと気づいた。昨秋までみかけた無宿人たちが何人か消えた。わたしはあれらの〈生体〉の危機をすっかり忘れていた。もともと視圏に入れていなかったかもしれない。この寒さだ。生きているのだろうか。かれらにたいし、わたしはなにをしただろう。帰宅した。消しわすれのラジオから「花は咲く」が低く流れている。一瞬、怖いなとおもった。

桃太郎と憲法第9条

このところ憲法第9条のことを、かつてない危機に瀕《ひん》しているからであろう、うつうつとかんがえることが多い。9条擁護派はこんなにも弱かったのかと、あわておどろき、それはいったいなぜなのかと答えをさがしあぐねているうち、ひょっこりと桃太郎の話におもいいたった。

と言っても、ニッポンおとぎ話ではなく、それを下地にした芥川龍之介の短篇「桃太郎」（1924年）のことである。周知のとおり、龍之介版の桃太郎は、どうにもならない悪人である。家来になった犬、サル、キジも、たがいを軽蔑しあい、じつに仲がよくない。かれらが征伐にむかった鬼が島は、と言えば、世間の思っているようなひどいところではなく、じつは美しい「天然の楽土」で、鬼たちは平和をこよなく愛して暮らしていた。桃太郎は、にもかかわらず、日の丸の扇をうちふり、犬、サル、キジに号令する。「進め！ 進め！ 鬼という鬼は見つけ次第、一匹も残らず殺してしまえ！」

再読してみて、えっ、こんな話だったか、と舌をまく。むかし読んだときはそれほどリアルには感じなかったのだが。いまはギョッとする。というか、よくもまあこうまで書いたものだ、当局もよくこれを許したものだ、と感心する。いわば「桃太郎部隊」は、平和な鬼が島を一方的に侵略して、逃げまどう鬼をおいまわし、犬は鬼の若者を噛《か》み殺し、キジも鋭いくちばしで鬼の子どもらを突き殺す。サルはサルで（「我々人間と親類同士の間がらだけに」と、芥川は皮肉っぽく前置きして)、「鬼の娘を絞め殺す前に、必ず凌辱《りょうじょく》を恣《ほしいまま》にした」というのである。予言か予感かわからない。かんけいがあるかどうかもわかりはしない。ただ、ちなみに、これが書かれたのは南京大虐殺より13年もまえのことである。

ともあれ、鬼が島の酋長《しゅうちょう》は、平和な島がなぜ侵略され、こうも暴虐のかぎりをつくされたのかまったく合点がいかないので、おそるおそる桃太郎にそのわけを問う。とうぜんである。桃太郎は悠然とバカなことを答える。「日本一の桃太郎は犬猿雉《きじ》の三匹の忠義者を召し抱えた故、鬼が島へ征伐に来たのだ」。理性も理屈もヘチマもありはしない。桃太郎は犬、サル、キジの三匹と、人質にとった鬼の子どもに宝物の車を引かせながら、得意気に故郷へと凱旋《がいせん》する。「これだけはもう日本中の子供のように知っている話である」と芥川は記し、「しかし桃太郎は必ずしも幸福に一生を送った訳ではない」と話をつなげる。

鬼の子どもは一人前になると番兵のキジを噛み殺して鬼が島へ逃げかえり、のみならず、鬼が島で生きのこった鬼たちがしばしば海をわたってきては、桃太郎の家に火をつけたり、かれの寝首をかこうとしたりした。すなわち、テロ事件が続発するようになったのである。「寂しい鬼が島の磯には、美しい熱帯の月明りを浴びた鬼の若者が五六人、鬼が島の独立を計画するため、椰子《やし》の実に爆弾を仕こんでいた。……黙々と、しかし嬉《うれ》しそうに茶碗《ちゃわん》ほどの目の玉を赫《かがや》かせながら」と、芥川版「桃太郎」の終盤には、わが目をうたがうようなシーンが描かれる。

しかも、新しい桃太郎が、次から次へと桃の実から生まれることを最終的に暗示し、この暗たんたる物語が閉じられる。

そうか、そうだったか、憲法第9条はだからこそつくられたのだ。わたしは深く得心する。「第九条〔戦争の放棄、戦力の不保持、交戦権の否認〕（一）日本国民は、正義と秩序を基調とする国際平和を誠実に希求し、国権の発動たる戦争と、武力による威嚇又は武力の行使は、国際紛争を解決する手段としては、永久にこれを放棄する。（二）前項の目的を達するため、陸海空軍その他の戦力は、これを保持しない。国の交戦権は、これを認めない」

「八紘一宇」と「クーデター」

ことばが発生時の外形と意味のまま、ずっと後の世まで無傷でのこるということはまずない。ことばというものは、たえまなくすりかえられ、便宜的に利用され、拡散し、ゆがめられ、たわめられ、コピペされ、たちきられ、復活され、忘れられ、うちすてられ、変容し、消失し、揮発したとおもうと、またどこかで咲いては舞いちる徒桜《あだばな》である。なにが空しいといって、これほど空疎なことはない。

ことばはプラスチック片のようにそこここに過剰にあるのだけれども、じぶんの心底がかかわる切実なものとしては、言語はもうほとんど失われているとさえおもわれる。たがいにたがいの魂や意思をとどけあうはたらきを、ひょっとしたら、ことばはすでにうしなってしまっており、ひとびとはうすうすそれに気づいているにもかかわらず、まるでそうではないふりをし、ことばを用いつづけているのではないか。そうおもうことがあり、青ざめる。

しばらくまえ、「八紘一宇《はっこういちう》」と「クーデター」という、わたしの感覚でいえば、かつては聞いただけでたちまち拍動がみだれるほどのはげしいことばをあいついで耳にした。飲み屋話ではない。テレビが中継している国会の質疑でのこと。おどろいた。発声された「八紘一宇」や「クーデター」ということばだけでなく、それを聴く閣僚や議員らの苦笑、失笑、嘲笑、無表情にあきれ、なんだか背筋が寒くなった。

　現在のグローバル資本主義のなかで、日本がどうふるまうべきかの「根本原理」が「八紘一宇」にしめされている――というのが、ある自民党議員のあまりにも唐突な主張であった。「八紘一宇」は、日本書紀に「掩八紘而為宇」＝八紘（あめのした）をおおいて宇（いえ）となす＝とあるのを根拠に、国家主義的宗教家・田中智学が、日本による世界統一の原理として、20世紀初頭にこしらえたスローガンであり、太平洋戦争中には「大東亜共栄圏」建設のための海外侵略を正当化することばとなった。

　その「八紘一宇」をどうおもうかと問われた閣僚が、大略以下のような答弁をする。〈やっぱり世界のなかで1500年以上も前から、いまの日本という国の、同じ場所に同じ言語をしゃべって、万世一系・天皇陛下というような国は他にありませんから。5世紀から「日本書紀」という外交文書をもち、「古事記」という和文の文書をもってきちんとしている国ってそうないんで、そこに綿々と流れているのはたぶんこういったような考え方であろうと……〉。噴飯ものである。21世紀の「八紘一宇」はこうしたとんでもない曲解と誤認と失笑のうちに、政府首脳に激論もなく受けいれられた。

「クーデター」のほうは、民主党の若い議員が、首相にたいし、げんざいすすめられている安保法制の「整備」は平和憲法の精神からして「日本の法秩序を根底からくつがえすクーデターだ」とつよく抗議したなかで用いられた。聞き耳を立てた。既成の政治体制を構成する一部勢力が、権力の全面的掌握のために、非合法的に武力を行使すること――これがわたしの知る「クーデター」の定義である。とんでもない事態である。議場が騒然となっておかしくない発言だ。その場のぜんいんが色めきたつのが自然である。ところがそうはならない。首相は口もとをわずかにゆがめて苦笑しただけ。「クーデター」のことばはいっしゅんにして議場の壁にすいとられた。かくして「八紘一宇」も「クーデター」も、深刻なイシュー(争点)にはなりえず、ことばそのものが脱臼か複雑骨折したまま失速し、ほの暗い宙を墜落してゆく。

これはどうしたことだろう。かんがえこむ。おそらく、脱臼し複雑骨折しているのはことばたちではなく、わたしたちの心ではないのか。ことばにたいし、切ないほどにきまじめであることが病のようにみなされるようになったのはいつからだろう。ひとりひとりの者がひとりの者の胸にとどける小さなことばの奥行きと手ざわり。それをそれぞれがていねいにたしかめることからしか、飛散することばをとりもどすのはむずかしいのではないか。

わざとらしくないひと

二〇一五年

先日、おない年の知人が逝った。ひどくこたえ、めずらしくうろたえた。どうしてだろうか。雑誌でなんどか対談し、たがいにたがいの本の解説も書き、酒もいくどか飲んでいて、はた目にもわるからぬ仲だったのだから、友人と言ってもよさそうなものなのだけれど、めったには会わなかったのである。それもあってか、気やすく友人とは呼ぶまいというきもちがはたらいてしまう。むこうもそうであろうしこちらもそうなのだけれども、逝かれてもなお、慣れなれしくはしたくない、ややそっけないていどがよいのである。

これはいったいなんなのか。かんがえこむ。かれはがんだった。わたしもがんだった。がんも他の病気も、わたしのほうが「古参」であるのに、こちらは生きのびてしまい、かれはいさぎよく他界した。先を越されてしまった。そのことにあわてたということもある。だれかが言ったのだったか、じぶんがいまおもいついたのだったか、変な文言があたまを剃刀《かみそり》のようにかすめてゆく。生きるとは、ひとに死なれることだ。時間にとりのこされることだ。

かれは船戸与一という作家。いまからちょうど20年前に対談したとき、近未来について、現状（1995年）は「警察国家への予備段階ではないか、と言う人もいる……」ときりだしてから、こんなことをかたっていた。「報道の自由を一方でみとめながら、権力が報道と完全なタグマッチを組むという形になる以外にない。そうすると、そこに住んでいる人たちは、自分が弾圧されているという意識はひとつもないと思う。だれもが、自分が痛めつけられているとは思わずに痛めつけられている、他人を痛めつけていると感じずに他人を監視する時代がくると思いますね……」（『屈せざる者たち』朝日新聞出版、角川文庫）

それにたいし、わたしはこう応じている。「痛めつけていると思わずに他人を痛めつけている時代には、すでにしてなっているんじゃないですか」。すると、船戸さんはボソッと言いすてた。「もっと深化するんじゃないですか……」。20年後のいま、そうなっている。マヒは深化している。痛めつけられているとはおもわずに痛めつけられ、痛めつけていると感じずに痛めつける——世界。そこからかれは身まかり、わたしはとりのこされている。

しかし、言いのこしたこと、書きのこしたことは、逝ったそのひとのほんとうの残照なのだろうか。たしかにそうだろうし、また、かならずしもそうではないような気もする。言うこと書くことは、どうあっても、どこかしらわざとらしいものである。ひとの衒気《げんき》はかんぜんに消すことのむずかしいなにかだ。

ところが、じつぶつの船戸さんは、わたしの記憶するかぎり、もっともわざとらしくないひとであった。テレビという、わざとらしさをとったらなにもないようなシロモノでかれをみかけたことはない。あちらがわざとらしくないので、こちらもわざとらしくするひつようがなかった。

それはどういうことかというと、怒ったふり、嘆くふり、正義のふり、善のふり、つよがり、知ったかぶり……のたぐいがまったくといってよいほどなかった。かれに逝かれてひどくこたえているわけは、たぶん、わざとらしくないひとがまたひとり消え、わざとらしいものだけのただなかに置いてけぼりにされた、そのことにあるのだろう。痛めつけられているとはおもわずに痛めつけられ、痛めつけていると感じずに痛めつけるいまは、ひとびとがことごとくなんだかわざとらしい。

あぶない夏

寝るまえに歯みがきしながらテレビをつけたら、ニュース番組をやっていて、野党の党首が首相に「端的におうかがいします。過去の日本の戦争はまちがった戦争という認識はありますか」と問うていた。

あたりまえのようだが、よくよくかんがえれば、これは〈あなたには指紋があるか〉とたずねるがごとくに、あるしゅ異様でもある。問われた者は、私にはむろん指紋があると応じるがごとくに、「まちがった戦争」であったとすっきり答えればよいだけの話ではあった。

ところが、首相は言を左右にして、「まちがった戦争」をみとめようとしない。質問者はつぎに、ポツダム宣言をもちだし、その第6項と第8項で「まちがった戦争」だという認識を明確にしているのに、首相はそれをみとめないのかとせまる。すると、首相は「その部分をつまびらかに読んでおりませんので」論評をさしひかえるという。そばにすわる閣僚らの何人かが、いねむりか寝たふりをはじめる。あざけるような苦笑いをする者も。

みょうちきりんな話ではないか。もう70年もたったのに、あれが「まちがった戦争」だったとは首相が心底おもってはいないことが明白になりつつある。「自存自衛」の戦争だったというのが本音という説もある。言うもおろか、日本は1945年8月14日に、軍国主義の除去、軍事占領、主権の制限、戦争犯罪人の処罰、再軍備禁止などについて規定したポツダム宣言を受諾したことにより、形式的にも敗戦がきまり、戦後がはじまったのだった。

「戦後レジームからの脱却」をとなえつづけている首相がポツダム宣言正文を読んでいないと言い、だから、論評できないとはすごい話である。あたかも、ニッポンはじつはポツダム宣言なんか受諾していませんよ——と言っているようではないか。ニュースキャスターはその点を問題にするふうもなく、このニュースはあっさりとおわりCMになる。

あぶない夏だ。わたしたちは異常な風景をあまりにも見なれすぎている。そのために異様を異様とたまげる感覚をあらかたうしなっている。マスメディアが戦後70年のことしほど対中侵略戦争における「皇軍」の犯罪をとりあげず、不問にふした年はかつてなかった。そうじて、ニッポンは、その内面と外面のりょうほうで、戦争の加害者から被害者への「アイデンティティの大転換」をはたし、かつてはあさはかな偽装と多少は恥じいるむきもあったその手法をもはや恥ともせず、いまやみずからを本気で〝被害者〟とおもいはじめている。

オランダ人日本研究者イアン・ブルマは90年代に痛烈な皮肉をこめて書いた。「自分が作り出したのではない地獄を見るほうがたやすいのは確かだ。日本人は自分たちをヒロシマの犠牲者だとみなせばいい。しかし、ドイツ人は自分たちをアウシュヴィッツの被害者だということはできない。日本人の罪はしだいに薄れて人類の罪になる。そのことで日本人は同時に二つの道を進めるのだ。唯一無二の原爆の犠牲者として、日本人だけの道と、ヒロシマ精神を伝える平和の使徒として、万人共通の道を」(『戦争の記憶——日本人とドイツ人』石井信平＝訳)。いや、どうじにあゆんでいるのは二つではなく、いまは三つの道と言うべきだろう。

三つ目は「積極的平和主義」をとなえる好戦者の道である。

かいなき星が夜を……

気がつけば、五体満足な友人などもうだれもいない。みんな、重かれ軽かれ、どこかしら病んでいる。たとえ本人がまだ病に臥《ふ》していないまでも、両親ふたりとも、またはそのどちらか、子ども、義父か義母、兄弟姉妹、甥《おい》か姪《めい》……が、心身のいずれかをわずらっている。

みんな笑みの下に、かたるにかたれない苦悩と凄絶《せいぜつ》な風景をかかえて、〈まだ死ぬわけにはいかない、まだ死ぬわけにはいかない〉とうめきながら、いつ斃《たお》れてもおかしくはない生を、這《は》うようにして生きている。

友人のひとりは夜ごと針金の輪をさする。娘が2年前に首をつった輪。なにか低くうたいながら、輪があたたかくなるまで針金をさする。たくさんの抗うつ剤をのむ。べつの友人は一日になんどもかがみこみ、寝たきりの父親がのどにためる痰《たん》をとってやり、おむつをかえ、床ずれにならぬようにと枯れ枝のようなからだをころがす。たちこめるにおいが、かれのもっていたできあいの思想を手もなく粉砕する。死んでくれたらたがいに楽になる。おもいが影のように胸をかすめ、あわてて影をのけようとする。影はいっかなのかない。

わたしの妹は特養老人ホームにいる、91の母をみまう。みまうには気あいがいる。母と妹には永い確執がある。妹はじぶんにいいきかせる。さきが短いのだから、やさしくしなければ。笑顔をつくらなければ。少しならそうできるが、ずっとはムリだ。ことばがナイフのように凍り、顔が鉄のようにこわばる。そのことでじぶんを責めると、かえってますます凍結と硬化がつのり、抗うつ剤をのむ。脳出血後遺症でなかなかみまいにいけないわたしは、あおむいたまま日ごと小さくなっていく母を想像し、心のなかで母と妹にわびる。だれもがたいてい、お金のもんだいをもっている。かんがえると青ざめる。お金のもんだいは人生論ではすまない。毎夜わたしも精神安定剤をのむ。

おどろいた。じぶんと身内の病のケアで手いっぱいなのに、手の空いた日にホームレス支援のかつどうに参加している友人がいた。手もちのお金はほとんどない。じぶんだっていつホームレスになるかわからない。なのに、いや、だからか、土曜の炊きだしの夕に、おにぎりをつくったり、病んだホームレスの背中をさすったりしている。ひたすら無言で。

戦争法案(安全保障関連法案)反対のデモにいっている友もいた。認知症の親の介護で身も心も藁《わら》のように疲れきっているのに。こうなってみたら、人間がいかに侮辱されているか身にしみてわかりました。安倍晋三の政権を一日もはやく倒さなければ、こちらが倒されてしまう。リアルに倒すかリアルに倒されるか。かれはそう言う。しんみりつぶやく。「かいなき星が夜を明かす」ですよね……。「かい」は「甲斐《かい》」。きらきらとひかりかがやく、かいある星はすぐに山の端にかくれてしまうけれども、いまにも消えいりそうな、かいなき星は朝までほそぼそとひかりつづける、という意味だ。つまり、からだのよわいひとのほうが健康に気をつかうので、壮健なひとより長命だ、ということ。

ひょっとしたらかれはことわざを誤用したのかもしれない。小さな星だって闇夜をてらす、と。うん、それでいい。わたしはうなずく。「かいなき星が夜を明かす」だね。小さな星だって闇夜をてらすのだ。かいなき星たちよ、デモにいこう。

暴力と反暴力について

二〇一五年

ちょっとの間だったけれど、かつて安倍晋三氏をみかけたことがある。目があった、とわたしはおもった。むこうはおぼえてはいまい。長期入院ですっかり足腰がなまってしまったわたしは、パジャマ姿で病院じゅうを歩きまわり、脚力を回復しようとしていたのだった。

そこに側近や警護の私服警官らにかこまれてかれがやってきた。2007年秋だったか。第1次安倍内閣の首相を辞任すると表明し、潰瘍性《かいようせい》大腸炎をりゆうに入院しにきたところに、ぐうぜんでくわしたのだった。こちらがそうした目でみたからかもしれないけれど、かれの目にはまったく力がなかった。まるで「池に落ちた犬」というやつだった。

このことわざの完成形は「池に落ちた犬はたたけ」。もともとはやはり中国の成句で、「打落水狗」（ダー・ルオシュウウェイコウ）という。おろかな犬は、水におぼれているのをたすけられても、恩をわすれて噛《か》みついてくるかもしれないので、たすけずに徹底的に打ちすえてしまえ、という意味。青菜に塩の晋三氏をみかけたとき、わたしはすぐに「落水狗」をれんそうしたけれども、「打」まではとてもおもいいたらず、それどころか、かれにそこはかとない惻隠《そくいん》の情のようなものまで感じてしまった。

問題はそれにとどまらない。そして、ここがわたし（たち）のすくいようのない甘さなのである。わたしはかれに「池に落ちた犬」のイメージをかさねたのだが、よーし、ここを先途と打ちすえてしまえ、とはゆめおもわず、さらには、よもや晋三氏が池からはいあがってきて、またぞろ首相になり、どうじに、にわかに居丈高になって、ここまでデタラメな専制政治をおこない、戦争法案（安保関連法案）をごり押しする――とは、なにごとにつけうたぐりぶかいわたしにして、まったくかんがえもしなかったのである。反省している。おもうところ多々ある。

おぼれる犬を打ちすえるのは虐待であり、暴力である。だがしかし、この世で最大の暴力と逆悪とは、なんであろうか。池に落ちた犬をたたくことではない。それはうたがいもなく、戦争なのであり、ひとびとを戦争にみちびくことである。戦争と戦争誘導行為こそがもっとも責められ、さいだいげんに抵抗されるべき悪の暴力である。「打落水狗」は、じつは、そのこととかんけいがある。この成句は、政治などどこふく風とうそぶく高踏的で軟弱なインテリたちによってつかわれたのでなく、国内の反動勢力や中国侵略日本軍とたたかった魯迅や毛沢東らにこのんでもちいられたのだ。超訳をするならば、敵をなめてはいけない、たたけるうちにたたけ、最悪の戦争暴力には、非暴力ではなく、抵抗の暴力でのぞめ――ということになるのかもしれない。

戦争法案反対、安倍政権打倒のデモや集会には、いまのところ、（さいわいにも）ぜんしんがそそけだつような緊張も暴力もない。若いひとびとは物理的力ではなく、それぞれのことばと身ぶりで、反戦平和をダンスビートにのせてうったえている。わたしはそこにわたしのまだ知らない可能性があるのではないか、と感じてはいる。けれども、こんなことですむのか、といぶかしむ気持ちもないではない。

池からはいあがってきた安倍晋三氏とそのなかまたちは、もう生半《なまなか》なナラズモノたちではないのだ。平気でウソをつき、平然と弱者と貧者をうちすえる、歴戦のプロフェッショナルである。なによりも最大の暴力である戦争権限をまんまと掌中におさめようとしている。大変な事態だ。おもうに、いま、冷酷に「打落水狗」をやっているのは安倍氏たちかもしれないのだ。わたし（たち）のほうが水におぼれて打ちすえられている犬になっているのかもしれない。

戦争という最大限の暴力に対抗する、あるべき「反暴力」の暴力とはなにか、もがきつつかんがえる。もしも、ほんとうにおぼれている犬をみかけたら、むろん、たすけるだろうけれども。

「平和的天皇」VS「好戦的首相」

ずいぶんむかしのことだが、今上天皇をみたことがある。横浜駅ちかくをゆっくりと走る車列にそのひとはいて、群衆に頭をちいさくさげさげ、やわらかな笑顔で手をふっていた。わたしは駅前の大型プランターのうえにのって人垣のさきにそのひとの表情をみつめ、かつていちども感じたことのないおもいにとらわれて、なんだかあわてた。そのひとにはつゆいささかもいやみというものがなかった、というより、あまりにもなさすぎたからだ。よほど底意地わるくながめたって、年長の人間が余儀なく身におびてしまう灰汁《あく》や懈怠《けたい》も、わざとらしさも傲岸《ごうがん》さも虚無感も、まるでないのだった。芸人や国会議員れんちゅうによくある、外むけの笑顔から内むけの怒気といった、いっしゅんの面変わりもありはしなかった。

一点の瑕疵《かし》もない、なにか次元のことなる、かんぺきな「善」が眼前をとおりすぎていった。と言ったって、これはつかの間にえた主観的な印象なのであって、じっさいのところは知るよしもない。にしても、わたしはそのときしずかな衝撃をうけ、おもいで

二〇一五年

をとりだしては、そのわけをかんがえようとしたのだが、正直、いまだにわけがよくわからない。

　天皇の車列をみたそのとき、わたしは主に三つのことをおもった。ひとつは、かれがたまゆらもハメを外したり性わるくふるまったりすることをゆるされない、ひととして不自由な存在で、その不自由さに、もうなれているのかもしれない、ということ。ふたつめは、余人からつねに「善」のみを前提され、期待され、それ以外の悪ずれ、悪達者、悪じり、気ままのたぐいをぜったいに想定されないことと、わたしならとうてい堪えがたいそのつらさについて。三つめは、ニッポン国の人民の多数は、だからといって、あのひとに同情も詮索もせず、禁中の不透明な呪縛から解放しようともしないのであり、法的にはとうになくなったはずの「現《あき》つ神」のイメージを無意識にしつこく今上天皇にかさねているらしいこと——である。

　と、ここまでたったこれだけのことを書くのにおもいもかけないストレスを感じた。不敬罪は1947年に廃止されているのに、なぜだろうか。憲法第1章のテーマは、「国民」ではなく、奇妙なことに、「天皇」なのである。第3条〔国事行為に対する内閣の助言・承認と責任〕には、「天皇の国事に関するすべての行為には、内閣の助言と承認を必要とし、内閣が、その責任を負ふ」とあり、第4条〔天皇の権能の限界、国事行為の委任」は、「天皇は、この憲法の定める国事に関する行為のみを行ひ、国政に関する権能を有しない」と明記している。つまり、天皇の人権と個人としての尊厳は憲法に明記されていない。

その天皇が8月15日の全国戦没者追悼式で「ここに過去を顧み、さきの大戦に対する深い反省とともに、今後、戦争の惨禍が再び繰り返されぬことを切に願い……」という、いわゆる「おことば」を述べ、「あの戦争には何らかかわりのない、私たちの子や孫、そしてその先の世代の子どもたちに、謝罪をつづける宿命を背負わせてはなりません」などとかたった安倍首相の戦後70年談話との本質的なちがいをきわだたせた。

戦没者追悼式は政府主催であり、天皇のあいさつは国事行為として「内閣の助言と承認を必要とし、内閣が、その責任を負ふ」ものだとすれば、天皇―内閣間で前次大戦観の調整がうまくなされなかったことをしめすものかもしれない。きょうみぶかいのは、ここにきて「平和的天皇」VS「好戦的首相」の図式がつくられ、前者が安保法制反対の国会前デモに参加している若者たちのなかにも人気をはくしていることだ。それはそれでよいにしても、好戦的首相をたおす発想のなかに、天皇の天皇制からの人間的解放というアイデアがあってもよくはないか。天皇を天皇制の呪縛にとじこめるかぎり、天皇は反戦平和につうじる錦の御旗にはなりえない。

ミマカゲ、タマオト

ミマカゲ、タマオト。「御真影」「玉音」をそう読み、意味も知らない学生がいるのだそうだ。いいではないか。こちらだってさいきんのデモの「コール&レスポンス」とやらにはついてゆけない。そんなことをある大学の教員とはなしたあとに、丸山眞男の本で、ミマカゲ、じゃなかった、「御真影」にかんするエピソードを読んで、もう再読どころか三読ほどしているのに、このたびはみょうに感に堪えなかった。

関東大震災のときであろうか、燃えさかる炎のなかから多くの学校長が「御真影」をすくいだそうとして命をうしなったというのだ。丸山は1920年代に東大で教鞭《きょうべん》をとったドイツの経済学者E・レーデラーの著書をひくかたちでこのエピソードというより事件を紹介して、ニッポンにおける「社会的責任」のとりかたは西欧やロシアではとてもかんがえられないことだと述べている。

レーデラーがおどろいたことはさらに「虎ノ門事件」(1923年)であった。急進的な共産主義者、難波大助による摂政宮狙撃未遂事件そのものに驚がくしたのではない。

事件後におきたドイツ人にはとうてい信じがたい、ものすごい余波に、であった。

　内閣が総辞職し、上は警視総監から下はみちすじの警護をしていた警官たちまでもが懲戒免職、衆議院議員だった難波の父、作之進も職を辞し、郷里の全村はあげて「喪」にはいり、大助が卒業した小学校校長ならびに担任教師も「不逞《ふてい》の徒」をおしえた責任をとって辞職。作之進は処刑された息子の遺体のひきとりをこばみ、山口の自邸の門に青竹をたてて、すべての戸に針金をまき、文字どおりの閉門蟄居《ちっきょ》。そうして断食にはいり餓死したという。自餓死である。

　丸山によれば、こうした「茫《ぼう》として果しない責任の負い方、それをむしろ当然とする無形の社会的圧力」が、レーデラーの目には「全く異様な光景として映ったようである」という。

　ここにみえるニッポン社会の「無形の社会的圧力」なるものは、丸山じしんわざわざドイツ人学者の目をかりて瞠目《どうもく》しているように、天皇制下のニッポンジンにとっては、多少やりすぎとおもっても、事件が事件だから、まあこういうものか……と受容されてきた。そして戦後70年にして、「無形の社会的圧力」はこのところ、ふたたびつよまっているようにわたしにはみえる。

　丸山眞男は記している。「『國體《こくたい》』という名で呼ばれた非宗教的宗教がどのように魔術的な力をふるったかという痛切な感覚は、純粋な戦後世代にはもはやない……」（『日本の思想』）けれども、それには「臣民の無限責任」にささえられた「おそるべき呪縛力」があったのだ、と。だからこそニッポンの「全体主義」は「ヒットラーを羨望《せんぼう》させたほどの素地」をそなえていたという。

「無形の社会的圧力」に下支えされた、それほどまでの全体主義が一朝一夕で消えるわけがない。ミマカゲ、タマオトの今日でも。国会前のデモでひとびとが「コール＆レスポンス」をしている。

マイクをもった若者がさけぶ。「民主主義ってなんだあ？」。多くのおじさん、おばさんをふくむ群衆がこたえる。「これだあ！」。これだあって、はて、なんだろうか。

「傍観者効果」

２００３年だったか、客員としておしえていた大学の学生をさそって有事法制反対のデモによくいった。現在の戦争法（安全保障関連法）の骨格はとうじからすでに歴然としていたので、抗議行動はあたりまえだとおもっていた。けれども、学内にはすこしの緊張も怒りもなく、集会にしてもデモにしてもあきれるほど低調。いきまくこちらのほうが通行人から奇異の目でみられたりしたものだ。

ある日、参加者もまばらなデモのなかで、不意にとんでもないことをかんがえた。〈「傍観者効果」でいつか戦争も独裁も可能になる!〉。それみたことか、と言いたいのではない。傍観という、人間のなにげない不作為のもつ無意識の加害のふかさを、そのとき直観した気になったのだ。

傍観とはかんたんなようでいて、なかなかに含蓄のあることばだ。かかずらわずにそばでみていること。ものごとのなりゆきをじぶんの力で変えようとはせず、なにもしないでみていること――それが傍観である。ときにそれは世俗を超越した高踏的態度とされ、いにしえの文人にゆかしとされる処世法ともなった。だがしかし、ことが戦争にかかわるとなれば、拱手《きょうしゅ》傍観はいとゆかしどころではない。

戦争法をみちびく有事法制の研究、構築は、平和憲法をいただくこの国ではもともとおもてむきはご法度であり、タブーともされていた。

が、じっさいには、はやくも1960年代から戦争関連各法は着々と準備されていた。冷戦期にはソ連軍侵攻の懸念、朝鮮半島有事の可能性などを口実に、現在では、中国の軍事的脅威などを理由に、総合防衛図上演習が秘密裡になされ、日米防衛協力の指針（日米ガイドライン）が策定・改定されたり、周辺事態法がつくられたり、安保法制が一括可決されたり……。

ありていに言えば、政治権力はひとびとやメディアの監視などあらばこそ、ほしいままに世論を操作し、戦争法完成にむけてたゆまぬ努力をかさねてきたのだった。自民党が暴走しただけでいまがあるのではない。それはちがう。現在にそくして言うなら、安倍政権が暴れているだけではない。民主党など野党が協力し、第3国の脅威の宣伝におどらされたひとびとが政権の暴走を座視、傍観するか、せいぜい軟弱な反対表明で無法な政権を生きながらえさせていると言える。

かててくわえて「傍観者効果」（bystander effect＝バイスタンダー・イフェクト）。社会心理学の用語で、あるできごとについて、じぶん以外にたくさんの傍観者がいるときには、ひとはいっぱんに率先して行動をおこさず、もっぱら眺めているだけという集団心理である。

多数の他者が積極的に行動していないことをもって、状況は深刻ではないとみなす〈多元的無知〉や、なにもしない他者と同調することで不作為の責任が分散されるとかんがえる〈責任分散〉などの集団心理は、しかし、眼前の事件、事故だけではなく、戦争法案強行採決という歴史を劃《かく》するできごとまでのプロセスでもいかんなくはたらいたし、マスメディアもこの「傍観者効果」をたえず誘導してきた。

政治はいまだかつてみたこともない大規模な流砂のただなかにある。野党の「連合政権」構想をどうとらえたらよいのか。現行の憲法9条を改定して「専守防衛」をみとめるとする「新9条論」が、かつての護憲勢力からもでていることをどうかんがえればよいか。危なくはないか。怪しくはないか。国会前でデモをするひとびとのリーダーがじつは自衛隊合憲論者だったりする。

ここには非常識も常識もない。もはやだれが敵か味方かもはっきりしない。「傍観者効果」だけが脈々として生きている。足元がずるずると流れている。おそらく、戦争へ。

二〇一六年

オオカミ老人は眠い

せんだって、ある新聞のインタビューをうけた。記者は12年前にもわたしを取材している。そのときの記事のコピーをみせてもらった。記者の質問に答えるのをわすれ、読みふけった。紙面は2003年のわたしの発言でびっしりと埋まっている。

「(イラク戦争の)この攻撃はベトナム戦争時を上回る史上最大の反戦デモを無視して強行された。そして今、侵略戦争が正当化されつつある。そのなりゆきに、思想や哲学、文化にたずさわる世界中の人びとが無意識のうちに失意を抱えている。(中略)なぜこういう状況になったのか。それは米英による戦争強行の過程と、日本の全面的な追従という流れのなかで、ジャーナリズムや思想の全領域が土台から壊れてしまったからだ。権力とマスコミが融合し、混然一体となった全体主義的な状況。1930、40年代の強権が発動されたわかりやすいファシズムではなく、内面化された透明なファシズムだ。〝彼らのファシズム〟ではなく、〝私たちのファシズム〟がすでに訪れている」

記事によると、わたしはまた「芸能人や政治家の醜聞にむらがり、有事法制など重要問題をないがしろにするマスコミを激烈な言葉で批判した」という。マスメディアの病理にも言及し①イメージが論理を駆逐する②社会のヒステリー化を誘導③現在性が過去と歴史を圧倒し無化する④分析的思考を弱め、想像力をうばう——とし、「これはとりもなおさずファシズムの病理でもある」と語ったことになっている。

なにも懐かしくはない。ただ呆然《ぼうぜん》とする。12年前のわたしはさらに言いつのっている。「戦後政治の反動が完成期に入ったいま、心ある人びとは、世界とはこの程度のものだったのかと落胆している。1999年の周辺事態法、盗聴法、国旗国歌法成立以降、今年（2003年）の個人情報保護法、有事法制まで、じつにやすやすと重要法案がとおってしまった。その理由は、個々の組織のせいというより、個体としての人間がだめだったからではないか……。

この国ほど組織からはなれた個人として意思表示や判断ができない国はない。（英国の）ブレア政権でさえ戦争に反対する閣僚が辞任したというのに、日本の閣僚で辞める者など一人もいない。日本はナチスドイツもうらやむような協調主義的なファシズムに覆われているのだ」

わたしは吠《ほ》えていた。「激烈な言葉」でマスメディアを罵《ののし》っていた。悲憤慷慨《こうがい》していた。世論というものと人びとの無感情になかばあきれ、なかば以上にあきらめつつ、寒々しいデモに参加し、とぼとぼ無言であるいた。

〝老けたオオカミ少年〟——東京の某紙社内でわたしはそう呼ばれ苦笑されていたらしい。「オオカミがきた」と言ってはなんども大人をだましたイソップの寓話《ぐうわ》の少年に、わたしはなぞらえられた。このばあい、「オオカミ」は「ファシズム、戦争」だった。老いたるオオカミ少年に、大手マスコミはだんだん近づかなくなった。2003〜4年、オオカミ老人はとぼとぼと無言でしょぼくれたデモをした。ある日、脳出血でたおれた。ああ、だれかが遠くでわたしを呼んでいる。

ハッとして顔をあげる。2015年の記者がいた。オオカミ老人は眠い。

2016年からおきること

かつて週刊誌の増刊号で21世紀の近未来を予想しようということになり、わたしはトップバッターで、向こう30年間になにがおきるかについて長めの一文をしたためた。

ニッポンにかんしては「軍備を増強し、原子力潜水艦をもつかもしれない。海兵隊またはそれと同等の機動部隊をつくるだろう。戦術核を保有するかもしれない。天皇制は、だいじょうぶ、まったく安泰だろう。

憲法9条は改定されるだろう。キミガヨはいつまでもうたわれるだろう。貧しい者はよりひどく貧しく、富める者はよりいっそうゆたかになるだろう。すさまじい大地震がくるだろう。それをビジネスチャンスとねらっている者らはすでにいる。……階級矛盾はどんどん拡大するのに、階級闘争は爆発的力をもたないだろう。……テクノロジーはまだまだ発展し、言語と思想はどんどん幼稚になっていくであろう。ひじょうに大きな原発事故があるだろう。……戦時下でも、核爆発があっても、ワールドカップ・サッカーとオリンピックはつづけられ、もりあがるだろう」云々《うんぬん》。

掲載したのは2011年3月中旬発行の「朝日ジャーナル」で、原稿の締め切りは2月末前後だった。編集後記には言うまでもなく「東日本大震災」の6字はない。わたしはつまり「すさまじい大地震」と「ひじょうに大きな原発事故」を予言して、たちまちにして的中させたことになるわけだが、地震と津波は、あろうことか、故郷石巻（宮城県）も直撃し、友人、知人をなくしてしまった。原発近くの町に住んでいた友人一家は疎開だの職さがしだので大変な難儀をした。

そのショックゆえ、まがまがしい予想、予感のたぐいを、たとえ脳裡《のうり》にうかんだとしても、発言はひかえるくせができたのだけれど、だからといって偽りの〝吉兆〟をでっちあげるわけにもいかない。新年に際し、これからさきのできごとを予想するとなると、やはり吉兆はないのであって、どうしても前掲の悲劇的風景をまたもそっくりそのままおもいうかべてしまう。

当たるも八卦《はっけ》、当たらぬも八卦という。しかし右の近未来予想は八卦ではなく、それぞれ相当の根拠がある。当初の予想期間は、2011年から30年間すなわち2041年までだった。すでに「すさまじい大地震」と「ひじょうに大きな原発事故」は出来《しゅったい》し、2016年から2041年までには再びみたびおきる可能性も大だ。軍備増強はもうだれの目にもあきらかで、「海兵隊またはそれと同等の機動部隊」建設も緒についている。未来はかつて①ありえない（the impossible）②ありうる（the probable）③避けられない（the inevitable）――ことの3つに大別されたが、もはや①の可能性だけが消えた。

われわれをまちうけているのは、その昔は「ありえない」とされた、「ありうること」と「避けられないこと」であり、原潜、戦術核保有も、戦争法が通ったいまのいきおいだと、the probableの範疇にはいりつつあるのではないか。

新年に際し、わたしはじぶんの予想がことごとく外れるのを切望している。とりわけ、

「言語と思想はどんどん幼稚になっていくであろう」という予感がみごとに外れて、言語がその〝芯〟をとりもどし、人類の危機を乗りこえる豊潤な思想が若者のあいだから芽ばえるよう待望している。「歴史は進行の相貌《そうぼう》よりも、むしろ旋風の相貌をこそよびさますものではないか」(『歴史とユートピア』)と言いつのったE・M・シオランの悲観に依然同意しつつも。

隠れ処の消滅

二〇一六年

子どものころ、ひとりで〝隠れ処ごっこ〟をよくやった。隠れ処は深い森のなかにあり、だれにもみつかることはなかった。

わたしはその日の気分でロビン・フッドになったり怪盗ルパンになったり怪傑ゾロになったりして、街場で派手に格闘し悪人をこらしめた。そうして悪人どもの金銀財宝を貧しいひとびとにくばっては、たくさんの追っ手からたくみに逃れ、森の隠れ処にもどってきて妖精や魔女たちと楽しくあそんだ。

隠れ処の近くには、白雪姫や赤ずきんちゃんや長ぐつをはいたネコやおしゃべりなオオカミたちが住んでいた……そんなバカな話はあるわけがない。だいいち、わたしは海辺の町にそだったのであって、松林はよく知っていても、森のことなんかあまり知らない。

けれども、遠い記憶のなかにはうっそうとした森があり、海底のようなその深みに、丸太でできたわたしの小さな隠れ処がポツンとある。隠れ処には赤い煙突があり、白く細いけむりをあげている。おいしそうなキノコ料理のにおいがする。

記憶の底の隠れ処は、言うまでもなく、幼児期からの妄想のようなものだから、これまでいちどもさがしあてられたこともじゃまされたことも当局により家宅捜索されたこともない。そのことに気づき、おもわずギクリとする。これからはそうもいかないのかもしれないな。妄想や誤信は、根拠のない判断にもとづく主観的なイメージからうまれ、その内容が客観的にありえないものであっても、他者からの指摘によってかんたんに修正されるものではないらしい。

かつてはそうだったのだ。ことばをかえれば、妄想ないし誤信といえども、そうする内心の自由が、かつてはいまよりゆったりとあった、ということだ。ひるがえっていま、隠れ処の存在は可能だろうか。不可能である。外面の隠れ処はもちろん、内面の隠れ処でさえも、捜査令状なしにガサ入れ（家宅捜索）されるかもしれない。

社会はすでにユビキタス監視システムの網にすきまなくおおわれている。「いつでも、どこでも、なんでも、だれでも」が、好むと好まざるとを問わず、監視の対象となっている。隠れ処をもつことは、外面にせよ内面にせよ、もはや絶望的に困難である。あらゆる事象と人物が、いやおうなくコンピュータネットワークにつながっている。

ビッグデータがひとの衝動や内面の変化まで自動的に判断しようとする。「多様なサービスが提供され、ひとびとの生活をよりゆたかにする」という謳《うた》い文句で、携帯電話やスマートフォンの交信記録、Eメールやスカイプ、フェイスブックなどの通信状況、ブログやホームページの記事内容が自動的にチェックされている。

これらすべてはひとの悪意や善意から生じたのではなく、ひたすら資本とテクノロジーが意図せず形成してしまった、惨憺たる畸形の世界である。ユビキタス監視社会にあっては、「視《み》られている」「聴かれている」と意識させられるだけで、ひとの表現と思考の幅、深度が日々、収縮させられている。

ロビン・フッドも怪盗ルパンも怪傑ゾロも、「反社会的勢力」や「テロリスト」に分類されかねないのだ。「怪盗」も「怪傑」も禁句になる。森の隠れ処や妖精や魔女や白雪姫や赤ずきんちゃんが頻出する自由な妄想には、おそらく精神病理の名前がつけられるだろう。

ぞっとする。現在は、ひょっとすると、つとに古典的ファシズムを超えた、便利で合法的な恐怖社会なのかもしれない。

バーニー・サンダースのこと

大統領選なんかにかんしんはない。けれども、民主党候補者指名あらそいをめぐり、米メディアがおこなった世論調査で、バーナード(〝バーニー〟)・サンダース上院議員が、支持率でクリントン前国務長官を上まわり首位に立ったというニュースをぼんやりとテレビでみていて、おもわず、まばたきし、腰をうかし、あっと声をあげた。サンダースがニューハンプシャー州予備選で地すべり的勝利をおさめ、いまや青壮年層からの支持が7割にもたっし、クリントン候補を圧倒している……ということに、たしかに感心はしたのだが、感に堪えぬというほどではなかった。心底びっくりしたのは、テレビにうつっているあまり風采のあがらぬ老人に、わたしがむかし、じかに会って話をしたことをふとおもいだしたからだ。

目をこすってみた。なんだ、あのバーニーじゃないか！　白髪、猫背のサンダースを「あのバーニー」とは、それまでつゆおもっていなかったのだ。老いたのはこちらであって、バーニーはよくみると、目がむかしとかわらずかがやいていて膚《はだ》もつやつやしていた。

レーガン政権時代の一時期、カリフォルニア州バークレーに住んだ。いまから30年以上まえ、カリフォルニア大学バークレー校で、おもてむきは米国のアジア政策について受講するという名目で、そのじつ、ジョージ・オーウェルやジョセフ・ヘラーの小説をよみふけり、くる日もくる日も映画三昧《ざんまい》にくわえてバーボンとジャズ、脳みそがとろけるほど自由で楽な時間をまんきつした。そのころである、バーニーに会いにいったのは。

友人がバーニーにインタビューすべきだとすすめてくれた。当時、バーモント州バーリントン市長だったバーニーは全米でただひとりの「社会主義者の市長」としてバークレーの学生らのあいだではちょっとした話題になっていた。ダメもとで電話してみると、バーニー本人がでてきて「いいよ」。インタビュー要請いっぱつOK。

なにを話したかあまりおぼえていない。バーニーがかつてイスラエルの農村共同体キブツの生活を経験したこと、ベトナム戦争にも米軍のグレナダ侵攻（1983年）にも反対であること、資本主義のもつ階級矛盾は平和的手段で解決しうること——などを、とくに力説するでもなく静かにかたったことは、なんとなく記憶にある。わたし「あなたは社会主義者か？」。バーニー「イエス」。そんなごくたんじゅんなやりとりもあった。

かれは、社会民主主義者と言いかえもせずに、So, what?（だからどうしたの？）といわんばかりに平然としていた。わたしはキツネにつままれたようなおもいだったけれど、だからといって、べつに舌を巻いたわけでもない。眼前の男が、のちに大統領選にうってでて民主党の最有力候補と、一時的にせよ、ごかく以上にたたかうなんて予想もしなかった。ほんとうのことを言えば、バーニーはわたしにとって印象のうすい人物だったのだ。なぜかなと自問する。たぶんわたしはバーニーを米国における「例外中の例外」と凡庸に過小評価していたのかもしれない。

バーリントンの市長執務室の壁には、フロックコート姿のいかめしい歴代市長の肖像写真がかかげられていた。目の前のバーニーはトックリセーターにスニーカー。1984年、わたしはバーニーのことを記事にもしなかった。歴史を予感するという自己の能力について、わたしはすでにじゅうぶんに挫折していた。中国軍が大挙してベトナムに侵攻した（1979年）ことを自信をもって先読みすることができなかったからだ。バーニーのことだってすぐにわすれたのだ。老人の顔をテレビ画面にみながらおもう。

歴史は今後とも、浅はかなわたしの予想をはるかに、はるかにこえて展開するだろう。核戦争にせよ大災害にせよ。

世界は「狂人」を必要としている

国境なき記者団が発表する「世界報道の自由度ランキング」で昨年、順位を過去最低の61位まで下げたわがニッポンのマスコミにあっては、報道の自由より「ことば狩り」にことのほか熱心で、たとえば「差別表現・不快語・注意語」なるものがリストアップされていて、「タコ部屋」は「窮屈な作業員宿舎」に言いかえられ、「狂人」も「正気を失った人」などに書きかえられるということだけれども、それで事態がどれほどよくなったかはまったく不分明であり、だいいち「狂人走れば不狂人も走る」といった辞書にもあることわざを、マニュアルにしたがって「正気を失った人が走りだせば正気を失っていない人も走りだす」とかなんとか、いちいち言いかえるのがはたして本質的な作業かうたがわしい。

さもあればあれ、世界は走っている。狂奔している。爆走している。とりわけ極右が狂騒している。米共和党大統領候補ドナルド・トランプ氏が吠えれば、仏国民戦線党首マリーヌ・ルペン氏がわめく。ハンガリーのオルバン首相は極右政党「ヨッビク」の反ユダヤ主義をしきりにもちあげ、ポーランドの極右与党「法と正義」のカチンスキ党首は難民を「寄生虫」だとののしって少しも羞《は》じない。

日々耳目にふれることどもで恐怖とおどろきをさそわないものはまずない。あまりに多くありすぎて恐怖とおどろきに慣れっこになりマヒしてきている。トランプ、ルペン両氏らだけではない。せんだっても横畠裕介内閣法制局長官が参院予算委員会で、いけしゃあしゃあと言いはなった。「憲法上、あらゆる種類の核兵器の使用がおよそ禁止されているというふうには考えていない」

テレビのまえでまどろんでいたわたしは耳をうたぐった。核の使用が憲法上すべて禁じられているわけではない、許されるばあいもある……という趣旨である。だが、議場にはうすら笑いのほかには怒号も緊張もありはしなかった。そのことで恐怖と怒りが倍になる。この人物は昨年の参院平和安全法制特別委員会でも、核兵器の保有について「憲法上、保有してはならないということではない」と答えている。このクニは現行憲法下で核兵器を保有も使用もできるというのだ。

さて、「狂人」とはなにか。「正気を失った人」とはだれか。わたしは「狂人」か。横畠氏は「不狂人」か。答えは今日、ますます容易ではない。「要するに世界は今一人の狂人を必要としているということである」と言ったのは、平和憲法制定過程にマッカーサーとともにかかわった幣原喜重郎（元首相）だった。

「非武装宣言ということは、従来の観念からすれば全く狂気の沙汰である。だが今では正気の沙汰とは何かということである。武装宣言が正気の沙汰か。それこそ狂気の沙汰だという結論は、考えに考え抜いた結果もう出ている」「何人かが自ら買って出て狂人とならない限り、世界は軍拡競争の蟻《あり》地獄から抜け出すことができないのである。これは素晴らしい狂人である」（「幣原先生から聴取した戦争放棄条項等の生まれた事情について」—平野三郎氏記—『日本国憲法—9条に込められた魂』鉄筆文庫）

幣原は1951年のインタビューで逆説的な「素晴らしき狂人」論を展開していた。65年後のいま、内閣は核の保有・使用というけっしていだいてはならない欲動を、案の定、隠さなくなった。どちらに呪うべき狂気があるか、熟思する価値がある。

〈他の死〉とわたしはわたしじしんの生

ひとは例外なくつねに死にさらされている。にもかかわらず、わたしはわたしじしんの喪失と非在をわたしの身体でかくにんすることはできない。死とはそのかぎりにおいて、いつも〈他の死〉なのであり、わたしは〈他の死〉を尻目に生きのびることによって、死にさらされつづけ、非在という不可視の穴にむかってあゆみつづけるほかはない。

と、じぶんに言いきかせながら、蚕《かいこ》のように白く縮んでベッドにコロリと横たわる母の手をにぎったのはしばらくまえのことだ。

手はまるでかわいた紙片であった。母の顔は赤子にもどったみたいに複雑な皺《しわ》や輪郭、もの言いたげな陰影を消していた。その母が死んだ。わたしは最期を看《み》とることができなかった。死を知ったのは、さまざまな不作為や周囲の過剰な忖度《そんたく》がかさなったために、だいぶ後になってしまったのだった。そのためもあろう、想像もできないほどはげしい衝撃をうけた。

おかしなことである。死とはかならず〈他の死〉であると得心し、熱心に見舞いにいきもせず、母の延命治療をやめることにも同意していたじぶんが、平気でここに生きのびてある。訃報にせっするのが早かろうが遅れようが、92歳の母の死は、いわば予定されたそれである。ショックをうける理由がないではないか……。だが、当惑した。混乱した。動揺した。なぜこれほどまで揺れるのか、夜半にじぶんに問うてみた。たぶん、こういうことだろう。すでにみまかっていた母を、わたしはてっきりまだ生きているとかんちがいして、夜ごと想い出をなぞり、ときたま無言の対話もしていたのだった。影に話すように。幻想のなかのかのじょは、けっして逝く者ではなく、そのようにおもいをさだめてもおらず、あきらかに生きたがっていた。とても生きたがっていた。活《い》き活《い》きと生きたがっていた。

遅れてきた訃報に、おもいきり足をすくわれた。母の死とわたしの生の、ちょっとしたはざまとズレに、おもいもかけずどうしようもなく重い罪をかんじてしまうのはなぜだろうか。

もっとやさしくするべきだった。もっと心をくだくべきだった。もっと世話をすべきだった。そうした悔いだけではない。一方がみなに予定され、みなにそう望まれたように死におもむき、死なざるをえず、もう一方がさしたる根拠もなく生きていることにかかわるだろう、これは生きのびるのに避けがたい罪なのかもしれない。死は現世の制度に、あたかもそうするのがあたりまえであるかのように、ぴたりとはめこまれている。

　にもかかわらず、死は葬礼という額縁のような制度からしばしばはみでてさまよう。生きのこる者の罪の意識はそこから生じる。このたびはそのことに気づいた。じつは生と同等かもしれない死は、葬礼という擬制によって、たんに死＝退場であることを社会的に強要されているにすぎない。

　父は戦争を生きのび、１９９９年に逝った。母は戦争と大震災を生きのび、先ごろ息をひきとった。わたしを産んだ2個の世界がついに消えた。しかし、父母の記憶の川は枝川となってわたしの胸底にとろとろながれこんできている。街はこわされた。おびただしいひとたちが死んだ。街はまたこわされ、ひとはまた死ぬだろう。

　海はいま嘘のように凪《な》いでいる。けれど死はいつまでも完結しない。母はあの海のホヤ貝が好物だった。目を細めて食べたのだ。甘にがい汁がわたしの口にひろがる。死は生きている。

「きれいごと」と生身

二〇一六年

　沖縄についてのきれいごとは耳がくさるほど聞いた。じっさいにまだ耳はくさらないまでも、心が相当に穢《けが》れた。

「普天間飛行場の危険性を除去する、そして沖縄県の基地負担を少しでも、しかし、しっかりと軽減していく。これは国も沖縄県もまったく同じ思いで、ちがいはないと思います」といった現政権トップの戯《ざ》れ言にひとしい話（ことし3月）にヤマトンチュー（ニッポンジン）はもう慣れっこになり、怒りもしない。沖縄とウチナンチュー（沖縄人）の痛みと怒りを知るには、おそらく真剣な学習と再学習が要る。それには、教材がたいせつであり、おそらくホンドの新聞、テレビでは無理だ。

　昨年秋のことだが、沖縄の作家、目取真俊さんがこんな発言をしていた。沖縄はなめられている、と。

「……なめられてあたり前だと思っています。パレスチナでは子どもたちがイスラエル軍の戦車に石を投げているのに、（沖縄の米軍基地前では）シュプレヒコールして、プラカードで抗議しているだけですからね。アメリカ兵から、お前ら自爆テロもできないだろうと思われて、あたりまえなわけです」（「神奈川大学評論」82号）

目取真さんの表現には、おためごかしやきれいごとがない。かわりに、憤怒をかかえた生身が黒い傷口をひらいて読み手の前にたちはだかる。読者は狼狽《ろうばい》し、からだの深いところに痛みが移植される。「よその国ではレイプしたら報復されて殺されるかもしれないが、沖縄、日本ではそんなことはない。ウチナンチュー、日本人はみな腰抜けで、敗戦後アメリカに精神的にスポイルされてきたからこんな状況になっているわけですよ」（同）

米兵にしてみれば、沖縄は「ぬくぬくとしたリゾート空間」であり「夜中に酒飲んで歩いても後ろから刺されることもなければ、撃ち殺されることもない」と作家は語っている。

沖縄を「なめている」米軍やホンドの政権と、そこを「リゾート」としか見ることのできないホンドからの観光客がかさなってくる。観光客だけではない、首相以下ホンドの大半が沖縄をなめている、とわたしも思う。

沖縄をかんがえるとき、目取真さんの短篇「平和通りと名付けられた街を歩いて」（1986年）の一シーンが、初読のときの胸さわぎとともに、どうしてもよみがえる。

献血運動推進大会出席のため那覇を訪れた皇太子夫婦の車に、沖縄戦で息子をなくしたひとりの老女が体あたりし、窓ガラスを平手でたたく。手にはかのじょの大便がついていたから、ガラスには「黄褐色の手形」がのこる。老女は警護要員にひきはがされ、「赤くただれた性器」をさらして路上にたおれる。

件《くだん》の手形は、車中の「2人の顔にべったりと張り付いたようであった」と記される。テロルにも似たこれは、いったい、なんであろうか。違和と攪乱《かくらん》とおどろきが、風景とわたしのあいだに、地割れをはしらせる。その亀裂の深さと暗さに、だが、われしらず魅入られ呑まれてしまう。

ヤマトンチューがだんじて踏みこむことのない、ヤマトゥが誇る、恥ずべき〝聖域〟。そのインチキをためらわず冒瀆《ぼうとく》する胆力を、ホンドの文化人、知識人、マスメディアはとうのむかしに失っている。目取真さんは言う。

「……踏まれた足が本当に痛ければ、殴り倒してでも、釘で刺してでも足をどけますから。いつまでも踏めると思ったら大きな間違いだということ、これを示すのは頭ではなく足です」（前掲誌）

同感である。そして、真に同感するには、生身の覚悟が要る。

ブルーベリー

ブルーベリーの実が、紫にちかく青んだ。春に白い花を咲かせ、花後に小粒の実がなったのは知っていたが、葉とおなじ薄緑色だったので葉叢《はむら》にまぎれてしまい、じきに実のことをわすれた。熟しかかった扁球形《へんきゅうけい》の実は、冷凍庫からだしたばかりのように白い汗をかいている。いつの間にこうなったのか、わたしはなりゆきを知らないし、とくに知ろうともしていなかったくせに、果実の変化にいまさらかるくおどろいている。

実のてっぺんは、それぞれおちょぼ口ふうに割れてひらいており、なにかしきりにささやいている。食べてください。そう言っているのだ。そうとしかおもえない。そうとしかおもいつかないじぶんをおかしく感じ、そうとしかおもわせないブルーベリーに、大したものだと感心した。ひとつぶ、もいだら、果実は指先に冷たかった。口にいれた。

母の納骨が終わった。まだ不在の実感はなくて、これは雲のような知らぬ間の消失なのだ、とむりにおもいなしては不孝の記憶をあいまいにうちすてたままである。そうこうするうちにも、次から次へと知りあいが鬼籍に入ってゆく。身内や友、友の親、兄弟……死や重い病とまったく無縁なものはいない。だれもがなんらかの危殆《きたい》に瀕している。もっとも親しい友の母は認知症がすすみ、父はかなりむずかしいがんの再発がうたがわれている。両親と別居中の友人は、そうしたくなくても、父の死を見こさざるをえず、母をあずかってくれる老人ホームを必死でさがしている。

家の崩壊だの自己喪失だの孤独だのと、哲学や文学めいたことばでしゃべっていられるうちはまだいい。日常生活のどのような急変にも、ロマンチシズムをもアンチロマンをも鼻でせせら笑う、リアルなお金の問題がつきまとう。憧憬《しょうけい》も理想も希望もあったものではない。お金がはらえなければ病院からていよく追いだされるのだ。

友人はデモにいく回数がへった。すると、ことばがさいきん変わってきた。大きな政治のことばがなくなってきた。「世の中がこうやって剥《む》きだされていく」「こうやってひとは非政治化されてゆく」「公共なんてどこにもない」……ためいきまじりにつぶやくようになった。

では、なにがあるのだろう?

訊くと友人がうすく笑って吐きすてる。サクランボウの種をだすように。「ウソと貧困だけじゃないの……」。さまざまのウソと貧困。それらが織りなす「不安のゾーン」に、みんなが笑い、泣きしながら住まわされているのだという。

口のなかのブルーベリーは、はっきりとは同定しがたい、なにかとくべつの存在を感じさせた。それは執拗《しつよう》ではなく、べつに強烈でもなく、きわめて稀《まれ》というのでもなかった。

わたしはまだ果実を噛《か》んではいなかった。ウソと貧困について、おもうともなくおもいながら、舌のうえでしばらく転がしていた。ブルーベリーはあたたまった。

噛んだ。酸っぱみのなかにずいぶん遠慮がちの甘みがかくれている。生硬だけれど、雑味のない、素人っぽい、どうしてもすさむことのできない思想をわたしはおもった。

かつてそんなようなものがあった気がする。なんの役にもたたなかったけれども。

コガネムシ

ベランダに光の玉が落ちていた。ひとみが焦げそうなほどの金緑色のはげしい光。コガネムシが飛んできたのだ。それだけのことなのに動悸がした。目をしばめかす。とても有機体とはみえない。頭から翅《はね》、手脚の先まで全身がまばゆい。だが、ただ燦然《さんぜん》とか燦爛《さんらん》というのではなくて、陽光をうけて金属のようにかがやいてうごめくさまは、これが生き物かとおもえば、かえって不気味でさえあった。どうしてこんなに光るのか。なにがおきているのか。コガネムシはまっ昼間なのに夜をひきずってきている。そう感じたのは、虚子のあまりにも有名な句のせいでもあるだろう。金亀子《こがねむし》擲《なげう》つ闇の深さかな。吟味したこともない句の怖さを、コガネムシを見おろしながら不意におもいしった。

句中のコガネムシは俳人の足下に静止していたのではない。それは夜間にこちら側からあちら側へとほうりなげられたのだった。たぶん、窓か縁側から庭の植えこみあたりへと。暗がりに金緑色の弧をすーっと曳いて消えてゆく、ひとすじのその線を虚子は美しいと感じたのではなかった。昆虫の着地はたしかめられてもいない。コガネムシを呑んだ闇はそのとき、着地のあたわない底なしであったのであり、ゆくりなくも知ってしまったそのことへのおどろきと畏れが句に詠まれているのであって、コガネムシじたいはいわば添えものというか、暗夜の深みを知るための測鉛《そくえん》のようなものだったのだ。主役は闇である。存外に近くにただよい、落ち尽くすには深すぎる闇である。動悸はまだおさまっていない。

会う人ごとにコガネムシの話をした。金メッキの飾りもののような写真をみせた。そうして、これが吉兆か凶兆なのか、どうおもうか…と問うてみた。すると、だれひとりとして迷わず吉兆とこたえるものがいないのである。炎天をきらめいて飛来したコガネムシを怪しい不祥の景色というのではなく、どうせきょうび吉兆なんかあるわけがないじゃないか、という、悲観と不安と、そこはかとない恐怖を胸にたたんだまま、いわば現今ときたるべき不幸（または災厄）を前提にして、友人たちはくらしているのだった。それは予想どおりでもあったけれど、では、いまなにがおきているのか、この先なにが出来《しゅったい》するのかと訊けば、得心のいく答えをもっているものもいない。

　コガネムシの派手ないでたちを詠まずに、それを手もなく吸いこむ沼のように大きく黒い闇が、じつはすぐ目の前にまっている厳然たる事実を、俳人は闇にほうりなげられるコガネムシの残像によって描出したのだ、とおもう。きらびやかな小道具に目をうばわれて、滑らかにれんぞくすべき日常がもはやたちゆかなくなっていることを、わたしたちは気づいていながら気づかないふりをしているのかもしれない。ゆくてにあるものはみえない。今後にたちあらわれるのは、なべて、ゆくりかである。いまふたたびの大地震にせよ恐慌にせよテロにせよ、ゆくりかに出現するのであろう。ベランダのコガネムシは犬にさわられ、あわてて飛びたった。炎熱の空がいちだんと熱くなった。東京五輪なんて、じょうだんじゃない。

世界動乱期の妖気

二〇一六年

〈人間とはなにか〉を、常にたしかめなおして生きているひとは稀である。じぶんや他者がこの世に果たして〈存在するに値するか〉と、のべつ思い悩んでいるひとも多くはないだろう。われわれの精神の基本形が〈正気か狂気か〉を日々問いかえし、煩悶をかさねているものもけっして多数派ではないはずだ。だいいち、だれかにとつぜん座りなおされて、〈人間とはなにか〉〈存在するに値するか〉〈正気か狂気か〉と、たてつづけに借問《しゃもん》されても、わたしなら応答に窮する。どころか、むしろ発問者の精神の安定をうたぐるかもしれない。これらが、だれしもが例外なくかかわる基本中の基本の問題であるにもかかわらず、答えは容易ではないのだ。至難である。だからか、われひとはこのしゅの基本的命題を一応、〝自明〟のこととして、または自明であるふりをして、ことあらためて請問したり審問したりはしない。思えば、なんだかひどい話じゃないか。

１９７０年代に日航機が武装グループにハイジャックされたとき、日本の当時の首相は「一人の生命は地球より重い」と述べて、身代金の支払いおよび乗っ取り犯の指定した獄中メンバーの釈放要求に応じた。「一人の生命は地球より重い」の〝決めゼリフ〟は論議をよびはしたけれど、その本質はあまり詮議されず、なんとなく世論のおおかたを承服させたかっこうである。いまならどうだろう？

「一人の生命は地球より重い」は、たぶん、げんざいでは自明でも常識でもない。現政権なら「一人の生命は地球より重い」とは言わず、身代金の支払いにも獄中メンバーの釈放にも応じなかったのではないか。乗客の生命に多少の犠牲がでても、「テロとの戦い」を優先した公算も大ではないのか。

現職の閣僚がさきごろ「90になって老後が心配とか、わけのわからないことを言っている人がテレビにでていたけど、いつまで生きているつもりだよ……」と公言した。生きているうちに個人金融資産をもっと消費しろという趣旨だというけれど、浅薄で酷薄かつ下卑た人間観は隠しがたい。相模原の重度障がい者殺傷事件は、たんなる偶然にすぎまいが、この「いつまで生きているつもりだよ……」発言の翌月におきた。したたかに打ちのめされた。なぜ、なにによって、こうまで手ひどく打ちのめされたかについて、いまだに思い惑い、かんがえこんでいる。被がい者はその血を天井まで噴きあげていた、などという現場のあまりにもむごい陰画面に色を失っただけではない。刃物を手にしたあの青年に、これだけのことを犯罪としてではなく、「善行」あるいは〝社会貢献〟のようになさしめた可能性、はたまた、この社会の、くぐもって視えなくなった悪意と殺意にかんし、わたしはふるえ戦《おのの》いている。
もうひとつ息を呑んだこと――リオ五輪をもっけのさいわいとばかりに、マスメディアがしめしあわせたように、惨劇の深層追究を手びかえてしまった、不可解にして、半面「さもありなん」ともおもわれる、このクニにありがちな現象である。金銀銅のメダル獲得数とサムライやナデシコたちの活躍を嬉々としてつたえる声と殺された重度障がい者たちの断末魔の悲鳴。血潮を浴びたあの青年の晴れがましい笑顔と言葉――「世界が平和になりますように。beautiful Japan!」。人間存在とはなにか。それは「生きるに値する」ものとそうではないものに識別され、後者は消去されるべきか。この社会の基層は正気なのか、すでに狂《たぶ》るなにかに支配されているのか。障がい者を「恩寵《おんちょう》の死」の名のもとに抹殺しようとした歴史は、少しも克服されていない。血煙のむこうに世界動乱期の妖気を見る。

東京五輪——想い出の連鎖

わけがあって1964年のことを調べていたら、想い出の風景やにおいが次々にわきでてきてとまらなくなった。この年、いまはなき準急列車でほとんど半日かけて故郷から東京にでてきたわたしは、賄《まかな》いなしの3畳ひと間の下宿屋（部屋代3千円）から、大学の教室ではなく、もっぱらデモにかよいつづけた。毎日食うや食わずだった。常食はラーメンまたはラーメンライス。いくらでもそんな貧乏学生がいたから、なんとも思わなかった。貧乏学生のほうが、たっぷり仕送りをもらっている金持ち学生よりも威勢がよく、なぜだか大きな顔をしていた。

ベトナム戦争中であり、米国とそれに追従する日本政府にだれでも腹をたてていた。けれども、デモというのはいまとまったくちがい、機動隊にボカスカ殴られることを意味していた。餅つきの餅みたいに。からだのどこかにいつも打撲傷があった。ほどなく公安条例違反（デモ指揮）でつかまり、また餅つきの餅になった。そのときに仲間から留置場にさしいれられた豚カツ弁当を、片方の手に手錠をかけられたまま食った。夢のようにうまかったなあ。１９６４年の、それが最高の食事。

釈放後、染みだらけの白衣を着てラーメン屋の出前をした。自転車で食器の回収をしていたある日の午後、ぼうっと空をみあげた。青々と澄みわたる秋天に、赤、青、緑、黄色……の５色の輪がうかんでいた。東京オリンピックがはじまっていたのだった。１９６４年10月10日（土曜日）。場所は国立競技場。わたしはこれっぽっちのかんしんもなかった。最近になって調べていて、あることに気がついた。べつに大したことではないのかもしれない。でも、やっぱりなあ、すごいなあ、たまらないなあ……と思う。

畏《かしこ》くも元大元帥陛下すなわち昭和天皇裕仁と皇后がロイヤルボックスに到着し、キミガヨが演奏され、入場行進曲「オリンピック・マーチ」が吹奏され、「生まれかわった」ニッポンを象徴する堂々の選手団入場行進。ついで天皇が、背広の内ポケットからもぞもぞと時間をかけて書状と言いますか、紙片をとりだして、いちいちそれに目を落とし、なんのことはない、たったこれだけのことをのたまう。「玉音放送」つまり「終戦の詔書（大東亜戦争終結ノ詔書）」とおなじ声、おなじトーンで。「第18回近代オリンピアードを祝い、ここにオリンピック東京大会の開会を宣言します」

いいっちゃ、いいんだよ。戦犯訴追を逃れたあの方の神経てか無神経に、いまさらなにも目くじらたてるこたあない。でもね、１９４３年10月21日の朝、しのつく雨にずぶ濡れになった学生2万5千人が銃をかつぎ、行進した「学徒出陣壮行会」の空間もここ（明治神宮外苑競技場・国立競技場の前身）ではなかったか。全員が「天皇陛下万歳！」を三唱し、多くが戦死、戦病死、餓死してかえらぬ人となった。万歳を三唱され、「大君の辺にこそ死なめ」と涙ながしてうたわれた当の本人は、ケロリとして、五輪東京大会の開会をセンゲンしますだと。なんだかなあ……。

ケロリとしていたのは大君だけじゃない。右の「オリンピック・マーチ」の作曲者・古関裕而もスカッとさわやかだった。この人、戦時中は「露営の歌」「嗚呼《ああ》神風特別攻撃隊」など、おびただしい軍歌を作曲した知らぬものはいない才人だった。「勝ってくるぞと　勇ましく　誓って故郷《くに》を　出たからは　手柄立てずに　死なりょうか……」を作曲したかと思えば、あれあれ、戦後は戦後らしく器用に曲想を変えて、「長崎の鐘」「鐘の鳴る丘（とんがり帽子）」「君の名は」などを大ヒットさせた。古関の責任ではない。右も左も、うたわないものはいなかったのだ。

いやはや大したものではないか！　ニッポン近現代史の内面に、巨大なウナギのようにヌルヌルとながれ、のたうつ、哀切な、しかし、どこか卑劣でもある想念は、いまだにじゅうぶんに解析されていない。尻尾をつかまれてもいない。

「ご意向のにじむお言葉」について

二〇一六年

年をとったら、ものわかりがよくなる。おだやかになる。腹立ちが減る。なにごともてきとうなところであきらめる。周りと上手にあわせる。争わなくなる。口汚くなくなる。ジョウシキというものをわきまえるようになる。そうおもっていた。だが、年はたっぷりととったのに、さっぱりそうならない。逆である。年とともに、内心がグツグツと沸騰するようになっている。世の中と、というか世界中と、うまくおりあいがつけられない。ほとんどいつもなにかを呪っている。絵空事をならべるのも、ならべられるのもノーサンキュー。風景がみんな書き割りにしかみえない。ひとの動作、言葉がなぜだかわざとらしい。すべてはあまりにも空虚だ。

いつだったたか、テレビのアナウンサーがもっともらしく神妙な顔つきで「生前退位のご意向のにじむお言葉……」だか「生前退位の意向がにじむお気持ち……」だかについて話していた。「ご意向のにじむお言葉」ってなんだろうか。いやな感じ。「生前退位の意向を表明」ではなぜダメなのか。英字紙の見だしはEmperor Akihito Plans to

Abdicateだった。本文ではhe will abdicate the throne before he dies云々と、ゴイコウもオコトバもニジムもヘチマもありはしない。abdicateは「王(皇)位を退く」ってことだから、「エンペラー・アキヒト生前退位へ」である。簡明にして具体的。それでなにがわるいのか。「ご意向のにじむお言葉」なんて悪文を、だれがどんなおきもちでお書きになったのか。デスクや編集局長がそう書くように指示し、記者は反論しなかったのか。

だいたい騒ぎすぎではないか。あのかたが生前退位すると世の中がひっくりかえるとでもいうのか。なんだかおかしい。あのかたが事前収録とはいえ堂々とテレビにでてきて、ご意向だのおきもちだのを披瀝するのは、厳密にチェックするならば、象徴天皇としての「権能の限界」をこえる、ほんらいなら、「内閣の助言と承認を必要とし、内閣が、その責任を負ふ」国事行為またはそれに準じる行動にあたりはしないのか。つまりだ、あのテレビ出演は憲法違反をうたがわれてもいたしかたのない法的逸脱ではなかったのか——。そういう論調がなぜこうまで少ないのか、あるいは絶無なのか。

かれはかたった。「伝統の継承者として、これを守りつづける責任に深く思いを致し……日本の皇室が、いかに伝統を現代に生かし、いきいきとして社会に内在し、人々の期待に応えていくかを考えつつ、今日にいたっています」。みずから少しも臆せず「社会に内在し」と自己アピールするこのコンテクストに、生前退位の意向とともに、にもかかわらず、皇統は連綿とつづかなければならない、というきわめてつよいサバイバルの(切ないまでの)意思をみないのではジャーナリズムとはいえまい。あのおかたはこうもおっしゃる。「天皇が健康をそこない、深刻な状態に立ちいたったばあい、これまでにも見られたように、社会が停滞し、国民の暮らしにも様々な影響がおよぶことが懸念されます」。そうか。そうなのか。このクニはそのような共同体であったのか! エンペラーが病をえると社会がたちまち停滞し、人びとの生活に悪影響をあたえるような天皇依存型の心性を基盤とした社会だったのですか。そのような社会でしかなかったのですか!

あのおかたは、父すなわち昭和天皇の戦争責任について、いちどでも言及したことがあっただろうか。そのような「ご意向のにじむお言葉」を、もらしたことがあっただろうか。天皇および「國體」という名でよばれた「非宗教的宗教」(丸山眞男『日本の思想』)が、戦前、戦中にわたりいかに「おそるべき呪縛力」をもちつづけ「魔術的な力をふるったかという痛切な感覚」をいだいたことはなかったのか。スメラギよ、「深く思いを致すというなら、現行憲法の第一章が「国民」ないしは「人民」ではなく、なにゆえ「天皇」であるのか、その不条理についてなのであり、「伝統の継承」ではない。あなたの生前退位について検討する政府の〝有識者会議〟というのも例によって経団連名誉会長ら特権階級の代表たちである。すべてはあまりにも空虚ではないか。

二〇一七年

ファシズムかマルクス主義モデルか？

主として欧州の少数の人びとが、おそくとも前世紀末から、首をふりふり力なく予言していたことがある。様々なヴァージョンがあるが、趣旨は以下につきる。〈これからなにが起きるかはわからない。だが、なにが起きないかはわかる〉――。ポイントは「起きない」ことにある。自由、平等、博愛のような普遍的価値の希求とじつげんは、マルクス主義的理想もふくめ、もう望むべくもない、というのだ。9・11もそうだが、米大統領選でのあの信じがたいまでに下卑て傲岸不遜な男の勝利は、右の予言のあからさまな実証である。歴史は、巨視的にみれば、フランス革命やロシア革命がになおうとして惨敗してきた人間社会の見果てぬ夢を、ついにまるごとかなぐり捨てたかにみえる。

トランプ大統領しゅつげんについての評論はどれもそうじてつまらなかった。ポピュリズムだの不寛容社会だの自国第一主義だの反知性主義だの、それはたしかにそういう面もありはするのだが、トランプ以前の世界史がまるでそうではないまっとうな流れをたどってきたかのようだ。品性下劣なあの男を、とつじょこの世におどりでてきた「ファウスト」のようにかたってみたり、いや、そうでもない、大統領になればけっこうげんじつてきな路線にてんじるだろうとむりに楽観しようとしてみたり、学者も既成メディアも、例によって例のごとし。内心は周章狼狽しているくせに心得顔《こころえがお》をしてみせる。「市民」や「民衆」や「国民」や「選挙民」の名でかたられてきた群衆の相貌が、仮面を剥いだら、これまでみつもってきた善なるイメージとはなはだ径庭《けいてい》があったわけをだれも説明できてはいない。

ふたりだけ目にとまった。ひとりはノーム・チョムスキー。選挙前から米国のげんじょうを、1920年代末から1930年代にかけての大恐慌期と比較しながら危ぶんでいた。非営利の米独立メディアのインタビューで、かれはげんざいの米国の状況を「欧州でファシズムが台頭したころと似ている」と、ドキリとすることをあっさりと言ってのけている。では、チョムスキーも30年代回帰説かといえば、そうでもない。30年代のほうが貧困のていどはいまよりよほどひどかったけれども、げんざいではみあたらない「希望」があったというのだ。つまり、ホープレスのいまは30年代よりももっとゆきづまっているというニュアンス。

チョムスキーのいう大恐慌期における貧者の希望とは、資本とたたかう労働組合や、大政党に統制されない政治組織の存在を背景にしている。かつては闘争の回路があったが、いまはそれがみあたらず、貧しきものは「絶望とあきらめ、怒りの淵《ふち》に沈んでいる」というのだ。かれらの絶望と怒りは、しかし、既成制度の解体にむかわず、トランプに投票してしまう錯誤のように究極的には自己破壊へとむかっているというわけである。群衆はいまや世界の航路を自覚した闘争のにない手ではなく、もっぱらモッブ（暴徒）として移民排斥などのうさばらしをしているかのようにもみえる。

チョムスキーとともに目をひいたもうひとりの学者はフランスの人類学者エマニュエル・トッドである。朝日新聞のインタビューで、戦後生まれのかれは「トランプの選出で米国と世界は（幻想から）げんじつにたちもどった」とかたっている。トッドのいう幻想とは、端的には、ヒラリー・クリントンやオバマ大統領のとなえる富者のデモクラシーをさす。トランプは悪夢だが、悪夢こそがげんじつなのだ。トッドはこうもかたる。「米国政治の世界は、マルクス主義モデルにもどったといえるかもしれない」。じつにエグいひょうげんではないか。経済的な対立すなわち階級対立が米国で前面にでてきたことはじじつである。資本主義で搾取され、疎外された労働者が階級闘争をつうじて社会主義と労働者解放をじつげんするという「マルクス主義モデル」が、ほかでもない資本主義の盟主・米国で現出しているとしたら！

仰天するにはおよばない。99・9パーセントのメディアがトランプ当選をよみちがえたのだから、社会主義・米国の到来がないなどとだれがいえるだろう。

「脱真実」の時代

なぜこれが「大賞」なのかしらないが、このクニの２０１６年「流行語大賞」なるものは「神ってる」なんだそうだ。くらべるのは気がひけるけれど、『オックスフォード英語辞典（ＯＥＤ）』を編纂しているオックスフォード大出版局が「２０１６年の言葉」としてあげたのは、神ってるどころではない、〝post-truth（ポスト・トゥルース）〟という、唖然とするほかない形容詞である。直訳すれば、「真実後の……」「脱真実の……」。超訳するなら、「真実もヘチマもありゃしない……」とでもなろうか。用法は「真実後の時代」「真実もへったくれもありゃしない政治」というぐあい。10年ほどまえからネット上ではつかわれていたというから、けっして新語とはいえないのだが、英国の欧州連合（ＥＵ）離脱をめぐる国民投票や、ドナルド・トランプが勝利した米大統領選の前後に使用回数が急増したために、〝ポスト・トゥルース〟はがぜん、時代を象徴する言葉となった。

総身から血がひいていくような話ではないか。真実（または事実）かどうかは、もはやものごとの尺度にはならず、人びとがもっぱら好悪の感情やルサンチマン（怨恨）のみをゆうせんしているとしたら。政治的意思決定にあたり、言説とその根拠が真実かどうか検証する必要もなくなったとしたら。国民投票や選挙が、よりよい社会への選択手段ではなく、人びとの憂さばらしと意趣がえしの道具になりつつあるとしたら……気がめいる。しかし、ここでよくかんがえてみよう。「脱真実」はなにもトランプがはじめて巻きおこした潮流ではない。かれが登場するはるか以前から、真実や真理は〈ある〉ものではなく、たんに〈あるとされる〉ものにすぎなかった。性・民族・宗教などによる差別や偏見とそれにもとづく社会制度は改善すべきとするポリティカル・コレクトネス（政治的妥当性＝ＰＣ）という常識も、お笑いネタにされるほどゆらいでいたのだった。

如上《じょじょう》の現象とともに、自由・平等・博愛・民主主義といったこれまで普遍的価値（とされてきた徳目）にも、息をのむほど深い罅《ひび》割れが生じている。移民と難民とテロの激増にともない、かつてジョルジョ・アガンベンが中国について形容した「超国家的な警察国家」は、いまや世界中にまんえんしている。そして、「その警察国家にあっては、国際法の諸規範が一つまた一つと暗黙のうちに廃止されていく」（アガンベン『人権の彼方に―政治哲学ノート』）事態を、われわれは手を拱《こまね》いてただぼうぜんとながめている。なにかとんでもないことがおきているのはまちがいない。そのなにかとは、これまで疑いもしなかった日常の常識や道理といったちゃぶ台が、いきなりひっくり返される暴力に似ている。しかも、伝法なそのちゃぶ台返しに拍手をおくり溜飲をさげる人びとが、マスメディアが世論調査をもとに予測した以上どころか、それよりはるかに多いという結果をどう受けとめればよいのか。

世界はげんざい反時計回りにうごいているのではないか、というのがわたしの実感である。すでに克服されたとばかりおもってきた独裁・強権政治や自民族中心主義《エスノセントリズム》、自国第一主義、男尊女卑《メールショービニズム》、植民地主義、果ては封建主義までが息を吹きかえし、ファシズムがまたぞろ世界同時的にあたまをもたげてきているようだ。こうした「脱真実」の世界では、すべてが無遠慮、不作法で、あからさまであり、羞恥心が失せ、あられもなくなる。オスプレイの墜落にさいし、「感謝されるべきだ」とひらきなおってみせ、飛行を再開した在沖縄米海兵隊トップの無礼、傲慢不遜ぶりはどうだろう。ニッポン防衛大臣のあの恭順ぶりはいったいなんだ。真実もヘチマもありゃしないいま、せめて探すべきは、失われた怒りの導火線の在りかである。

内面の死滅

9・11からほどなくしてフランスのある思想家が発表した論考がいまもわすれられない。「結局、それを実行したのは彼らだが、望んだのは私たちのほうなのだ」の一行に象徴されるスリリングで果敢な論考（「テロリズムの精神」『パワー・インフェルノ』NTT出版＝所収）は、きれいに分断されていたはずの、ひとにぎりのテロ実行犯と何十億人ものテレビ視聴者のかんけいを、不可視の「奥深い共犯意識」でむすんでみせた点で、もちろん眉をひそめたむきも少なくなかったはずだけれども、じつに画期的であった。筆者ジャン・ボードリヤールはこうも述べた。

「テロリズムに対する道徳的糾弾という神聖同盟的結束は、じつは、あの世界的超強国が打撃を受ける光景を目撃したという驚異、こういってよければ、超強国がいわば自滅して美しい自死をとげる場面に立ち会うという驚異の歓喜にみあったものだ。なぜなら、その耐えがたいパワーを行使して、あの世界中にひろがった暴力を助長し、その結果、私たちすべてが内心（それと知らずに）宿しているあのテロリズムへの想像力をはぐくん

だのは、まさにこの超強国なのである」（塚原史＝訳）
　ボードリヤールは右のように書いたからといって、官憲の取り調べをうけてはいない。あたりまえといえば、あたりまえなのである。ツインタワーの崩落を超強国アメリカの「美しい自死」と形容し、やったのはテロリストだが、心中、無意識に米国の崩落を想像し、望みもしたのはわれわれだ……と言いはなつのは、日本的感覚からすると、かなり度胸がいるし、このクニの主要メディアは、どだいそんな論考を受けつけはすまい。だがしかし、できごとへの客観的分析とはべつの、知的好奇心や試論（知的冒険）はおさえつけてもおさえつけられるものではない。おさえつけるべきでもない。ボードリヤールのようにテロを自由奔放に描出し、かたるのは思想家だけの特権ではなく、だれしもゆるされるべき権利である。
　そこで思いいたるのが「共謀罪」だ。過去一再ならず廃案となった共謀罪を、「テロ」がつけばなんでもとおるとばかりに「テロ等準備罪」に言いかえた組織犯罪処罰法改正案は、ただでさえ収縮に収縮をかさねている言論状況を決定的に悪化させるにちがいない。2人以上で「犯罪」を「計画」「準備」しただんかいで処罰できるというのだが、なにをもって犯罪—計画—準備とするかは、官憲の恣意的判断によることになりかねない。カフェでボードリヤールの「テロリズムの精神」について論じあい、「望んだのは私たちのほうなのだ」「奥深い共犯意識」などの文言をメモするだけで犯罪を構成すると断じられる公算も、じょうだんではなく、大である。政府によれば、東京五輪を無事にかいさいするためにもこの法案が必要だという。世論はこれに抗する胆力をすでにうしなっているようにみえる。

かつて法務官僚が国会審議で「共謀」にかんし、「目くばせでも相手に意思が伝えられる」と、ひとをバカにしたような答弁をしたことを想起したほうがいい。じじつじょう、ウインクだけで共謀罪が成立するというのだ。そうであるならば、われわれは「思う」「想像する」だけで犯罪者と判じられかねない。すでに成立している特定秘密保護法と共謀罪がセットになったら、いったいどんなことになるのか。いま、ねらわれているのはひとびとの内心であり内面である。「美しい国」をとなえつつ、着実に「ディストピア」(暗黒社会)を築いている現政権の支持率はなぜかいぜん高い。まさか、まさか……でここまできたのである。まさか、まさか……で事態はさらにすすむだろう。堕ちたのは政権だけではない。無抵抗社会は堕ちるところまで堕ちて、さいごのよりどころの内面まで権力にあけわたすのか。

日々の細部

友人は朝、父親に会いにいく。ひとしきり話す。午後には、ちがう場所の母に会いにいく。なにかあたりさわりのないことを話す。なにも問われたりしない。帰路、行きかう車の騒音のすきまから小鳥のさえずりが聞こえることがある。はっとする。ヒヨドリかカワラヒワかコゲラか。ここはどこだろう。なぜここにいるのか。じぶんはなにをしているのか。どうかすると、ネコが車のないガレージでさかんに交尾していたりする。それぞれの声はやかましいほどうきたち、ひとつひとつの影は路面にあまりにも濃く尾を曳いている。いったい、なにがあったのだろう。友はいぶかる。

友人は10年飼っていた犬が、つい先日、がんで死んだことを、父にはかんたんに告げたけれど、母には報告していない。最期の夜、おびただしい黒い血を吐いたこと。括約筋がゆるんで真っ黒のフンがでてきて、部屋中がにおったこと。かっと目をみひらき、帯のようにながい舌をだしたまま逝った。友人が目を閉じさせようとしても硬直していて、いっかな閉じない。業者がやってきて、死んだ犬をゆさぶるようにマッサージし、

二〇一七年

手早くまぶたを閉じさせ、それから背中で死体をかくすようにして、どういう手をつかったものか、だらりとたれた舌をぴたりと口中におさめた。それらのことを言ってはいない。

言ったってよかったのだ。父はがんが脳に転移してたおれ、意識なくベッドによこたわったままだし、母は認知症がすすんで施設に入所。あれほどかわいがっていたのに、犬のことなんかまったく憶えていない。夫の所在についても問いもしない。かりに犬の死をおしえたとしても、なんの反応もしめさなかったにちがいない。父だって無反応だった。母は「まるで夢のようだわ……」と口癖のようにくりかえす。なにが、どのように、なぜ夢のようなのかはかたらない。まっ昼間なのに「もう夜なのに……」とつぶやいたりする。

両親と犬があいついでたおれる。あんまりじゃないか。ひどいじゃないか。友人はそうもおもうが、つきなみで、ありふれた悲劇であることもよく知っている。世界にはこの何千万倍もの理不尽と地獄絵がひろがっている。そう言いきかせたからといって、なっとくできるものでもない。ドナルド・トランプはとんでもない男だ。日本の政権のやっていることも危険このうえない。戦争の足音がしている気もする。しかし、であるから、眼前の風景にはなんの意味もなく無価値だと言うことができるだろうか。意識のない父。

あらかた見当識をうしないつつある母。死んだ犬……。細かな記憶。洞《うろ》のような人とモノ。残り香……。それらにこだわるのはおかしいのだろうか。

友人の叔父がみまいにきて、はらわたをしぼるような声で言ったのだそうだ。「もう終わってるんだよ。終わっているのに終わっていないみたいなそぶりをするのはよくないよ」。友人はそのとき、卒然として悟った心もちに、いったんはなった。そうか、もう終わっているのか、と。だが翌日、父の病院と母の施設をたずねたら、ふたたび遅疑《ちぎ》するものが胸のおくからわいてきた。意識のない父が瞼の下で目玉をぐりぐりとうごかしていた。じっとみていると、もっそりと右目をひらいた。パチリとひらかれたのではない。もっそりと。目はどこもみていなかった。「洞然」という言葉を友はおもった。目はまるで奥深い穴であった。

母は、ほんの短時間ながら、雲間の青空のように細かな記憶をとりもどすことがあった。ドッグフードの銘柄や市内バスの停車時間、30年もまえに配達されていた牛乳の味。おいしい生牛乳……。「わたしこんなになってしまって、夢のようだわ……」。父も母も、うつつの世界と整合しない。もはや少しも「有用」な存在ではない。洞然である。友人はひとりごちた。「じゃあ、げんざいの、げんじつの、どこが健全なのか。無用ってなんなのか。げんじつだって夢じゃないか……」

「自同律の不快」

論理学に「自同律」ということばがある。「A＝A」の形で表されるもので、概念は、その思考の過程においては同一の意味を維持しなければならない、ということなのだが、なに、さほどにむずかしくかんがえることもあるまい。A＝Aは、「わたしはわたしである」という根本的というより、あたりまえの同一原理にひとしい。しかし、A＝Aは、敷衍すれば、「わたしはわたしである」ことからどうしても逃れられない、という自己強制か自縄自縛の論理にもなりかねない。わたしがわたしであり、そうでしかありえないとしたら、悦びであるよりも、不快にもなりうる。

先日、作家の目取真俊さんと対談した折に、「自同律の不快」に、わたしのほうから触れた。といっても、この不快感については、もともと埴谷雄高が言いだして有名になり、目取真さんはそれをうけて、A＝Aを、「日本に住むもの＝日本人」に転位し、はげしい不快感を表明していたのであった。「私は、と口にして、日本人である、と言い切ることのできない『自同律の不快』が、私にはずっとある」（「論座」２００６年７月号）。

おなじエッセイで、さらにこうも書いていた。「私の国籍はいま日本にある。しかし、私は日本人である、と言い切ることには、生理的嫌悪さえ覚える」

1972年に沖縄の施政権が日本に返還されたとき、ウチナンチューたちは「今日からみなさんは日本人になりました」と告げられたのだが、目取真さんは「私はあくまでウチナーンチュー・沖縄人であり、沖縄に強い愛郷心は抱いても、日本という国に愛国心を抱こうとは思わない」ときっぱりと言いきっていた。いわばA＝Aへの反逆であり、「日本に住むもの＝日本人」への謀反である。対談でわたしは右のエッセイをなぞり、かれの顔色をうかがった。無表情にみえた。

おいかけてふたつのことを補足した。ひとつは、かれの書いた「自同律の不快」を、わたしなりに理解できるということ。もうひとつは、わたしにもことなる空間での「自同律の不快」があるということ。「日本に住むもの＝日本人」だけでなく、「日本人＝日本人」あるいは「オール・ジャパン」という強制的定式に生理的嫌悪をおぼえざるをえないという意味のことをぶつぶつと言った。そうしながら、なんだか空しくなってきて、だまりこくってしまった。かれは米軍普天間基地の移設にともなう新基地建設に反対して、名護市の辺野古海上で連日カヌーにのって抗議行動をしている。ことばをあやつるだけのことと、身体をさらして、殴られても拘束されても、抗いつづけること。懸隔はあきらかである。

目取真さんがとつぜん、両手をひらいてみせ、ぼそっとつぶやく。「指紋がなくなってきて……」。まいにちカヌーを漕ぎすぎてすりへってきたのだという。たなごころが白くなり、掌紋ぜんたいがうすれているようにみえた。それは、身体が海とともにあり、目下闘争中ということの、虚飾も衒いもない、とても具体的なあかしであった。わたしはなにをあかすのか。どうしてここまで抗うことができるのか。かんがえたが、すぐにはわからず、また口をつぐんでしまった。

対談後、うす暗いビルのロビーで休んでいたら、かれがゆっくりとちかづいてきた。かすかに潮の香りがした。しわだらけの手と、指紋も掌紋もうすれた手が、無言で握手した。そのとき、はっと気がついた。目取真さんは「海について」話すのでなく、じしんが海や森や風となって、海鳴り、葉ずれ、風の息に似たことばをかたったのだ。かれじしんが海か森なのだ。こちらは闇か夜なのだ……と。「自同律の不快」どころではない。怒るべきだからと、ことさら論理的に怒るのでなく、侵された海や森じしんが侵すものを怒るように、かれはいきどおることができるのだった。

消えのこる青い焔《ほむら》

二〇一七年

半世紀ほどまえに、新宿の飲み屋かカフェで、とっくりセーター姿の寺山修司をみかけたことがある。わたしはその日ぐらしの若僧で、近くの席から、売りだしちゅうのマルチアーティストをぼうっと眺めていたのだ。ほころびだらけの、どうということはない想い出である。記憶は、記録された歴史とおなじく、どこかしらつごうよく消去され修正され脚色され、誤想起されるものだから、ヴィデオ映像のように脳裡にくっきりとのこっているわけではない。想い出の寺山は、顔が角ばり、ずいぶん頬骨がたかく、口をとがらせて、なにかをしゃべりたてていた。井戸の底みたいな、不思議な目の色をしていた。話し相手をみているのでなく、ややおちつきなく目をそらしながら話しているようにおもわれた。

そのときはそうは感じなかったのだが、いまにしてみれば、あれは「不穏な空気」というやつだったのかもしれない。寺山は対者から視線をはずしたまま、年代物の機関銃みたいに、軽くではなく重く、とぎれそうでとぎれなく、たえまなくボソボソと言葉を発射していた。寺山が話しおえ、視線を相手の目にかさねでもしたら、そのしゅんかんに爆発でもおきそうな危うい緊張があった。不規則にまわりに散らされるかれの視線が、たんに偶然にわたしの目に刺さりそうになったとき、あわてて顔をふせたのを忘れない。うつむく寸前にみえた(とおもった)のは、寺山の眼孔から放射される青い焔だった。

こう言われたって天国の(あるいは地獄の)寺山はいっこうに平気だろうから、安心して書くのだが、かれは芸術家だとか識者だとかいうのでなく、〝犯罪者〟の顔と目をしていた。半世紀まえにはそうした顔と目の人間が、男女あるいは半陰陽であるか否かを問わず、いくらでもいたので、寺山はみずからの顔や目や、あの青い焔を理由に罪に問われることはなかったのである。かれの目の焔にさらされたわたしもまた、顔つきと目つきの「反社会性」を口実に官憲につかまったりはしていない。これまでのところは。

だが、共謀罪がごり押しされているいまからはそうもいくまい。1983年に他界した寺山は晩年「顔の罪」「しぐさの犯罪」について言及している。熱烈な寺山ファンの友人がかしてくれた本『寺山修司の状況論集——時代のキーワード』(思潮社)によると、個人的感情(内心)を表にだしたものが問われる「表情罪」という罪は、ジャン・リュック・ゴダールの映画『アルファヴィル』(1965年)にでてくる。わたしはこの映画をみた記憶はあるのだが、ああ、ずいぶんもうろくしたものだ、「表情罪」についてはすっかり忘れていた。で、『アルファヴィル』は、もともとジョージ・オーウェルの『1984年』から想をえたもので、イングソック（英国社会主義）の男が「顔は社会の敵だ」「顔は踏みつけるためにあるものなのだ」と言いはなつのである。この箇所は、はっきりとおぼえている。

たぶん、わたしの想い出のなかの寺山修司の顔と、あの消えのこる青い焔は、まちがいなく「表情罪」に該当するだろう。中上健次の顔もそうだったし、目取真俊さんもひっかかりそうだ。そうそう、わたしじしんだって、しげしげと鏡をのぞけば、いい歳をしてなにやら不満げな「表情罪」の顔なのだ。どうすればいいのか。かんたんである。テレビのキャスターやアナウンサーやお笑い芸人たちのぺろりとした人畜無害顔を必死でまねすればよい。そして、「オーウェルの『新語法』は、私たちの言語が非力化してゆくことを予告したが、現代はまさに『自分の言葉』から遠いところに、私たちを放り出してしまったのだ」と、寺山が述べた「遠いところ」で、わたしたちの顔は、皇族でもないのに皇族のように、空しくにこやかに笑うしかない。さもなくば「社会の敵」たるをかくごすることである。

けっ！

活用のない自立語で、主語や修飾語にならず、他の文節からどくりつしている間投詞「けっ！」の使用頻度がずいぶん高くなっていることに、ある日、はたと気づいた。たつきをもっぱらテレビ方面にもとめている厚顔軽量の自称ジャーナリストやらが、舞台上で「共謀罪反対」の横断幕を手に、なにをいまさらのテレビむけパフォーマンス。猿芝居。けっ！　ぬきさしならない切実さ、番組をおりて刺しちがえてでも敵をたおす、なんて気概も怒気も覇気も、むろん、ありはしない。げんざいのゴロツキ内閣が成立するはるかまえ、「アベちゃん、アベちゃん」ともみ手ですりより、番組でさんざ極右政治家をもちあげて、その気にさせた老いぼれ〝ジャーナリスト〟もいるのだから、けっ！

　共謀罪法案強行採決を批判する新聞の社説も、けっ！　破裂せんばかりの腹の底からの怒りが、さっぱりつたわってこない。国家権力が、じんじょうならざる悪法を法治国家の最低限のたてまえをこわしてまでもごり押しした底意と気迫に、新聞社説の貧寒たる無気力と旧態依然のロジックは、とおくとおく水をあけられている。敵は戦後の骨格をずたずたにひき裂いてでも戦時体制をこうちくしようというのに、メディアは相も変わらぬルーティンどおりの仕事ぶり。その狂気においても正気においても、げんざいの組織ジャーナリズムはかくじつに敵権力の掌中にあり、支持率を下支えしている。それもそのはず、メディアの幹部が首相官邸にいそいそと、べつにいかなくてもいいあいさつにいったり、ゴルフをしたり、OBが平気で国家公安委員になったりなのだから、けっ！

世界にとって基礎づけるものとしての根底がみいだされなくなった。そうハイデガーが嘆じてから約70年。世界の夜の時代すなわち乏しき時代は、予言のとおり、ますます乏しさをくわえ、たしかに、欠如を欠如とみとめることさえできなくなっている。乏しさとはひととしての怒り、恥のそれであり、なによりも言葉の芯（神）の欠如なのだ。しかし、1972年だったか、鎌倉の高橋和巳邸をおとずれたときには、わたしに言葉の芯の欠如を因とする失意も、けっ！の呪詛もほとんどなかった。和巳は前年に亡くなっていて、たか子夫人とお話しし、和巳の書斎をみせてもらった。「苦悩教の始祖」と称された高橋和巳の、湿気って重い体臭が、白壇の香りに消されずに畳の部屋にとどこおっていたっけ。

ストロボをたいてその部屋の写真を撮った。いなくなった高橋和巳がうつるわけもないのに、何枚も撮った。たか子夫人はややさめた目でわたしをみていた。そのとき、かれとおなじ上行結腸がんになるとは、とうぜんながら、おもいもしなかった。そして、「思想とははたして思惟する動物である人間にとって何であるのか」といったかれの原初的で古典的で、そのぶん酷烈な自問が、がんをのりきって生きながらえた未来には、みなに首かしげられ、よもやせせら笑われるようになるとは、きれはしさえも予感できなかった。言うまでもなく、共謀罪法案が強行採決されても街の風景がひしゃげもしないなんて夢にもおもわなかった。もっと言おう。高橋和巳の文庫本に誤植がでるなどとだれが想像しえたか。

ふざけた世の中だ。思想—思惟する動物—人間—言葉のことを、いまだれが、生き死にかけて、かんがえているだろう。濡れ手で粟、渡りに船の思想など思想でもなんでもない。いったい、にこやかに無傷で敵と戦えるだろうか。こうまで腐ったゴロツキ政権とともに、なごやかに生きることがなぜできるのか。敵権力だけではない。野党の政治屋もヤクザか詐欺師どうぜん、人民大衆のオツムもいちじるしく退化した。かててくわえて編集者の質の劣化はどうだろう。高橋和巳ときいて、さくさくグーグル検索。ウィキペディア参照か。原典にあたらず、ゲラもろくに精読していない。なんちゃってサヨクと粗雑な排泄のごとき出版。せめて、せめて、誤植はやめろよ。けっ！

ビジョヤナギ

じぶんのまわりに「共謀罪」に賛成するひとはひとりもいません。みな怒り狂っています。なのに、なぜ、現代版・治安維持法は、いともかんたんに成立したのでしょうか？——という、美しいビジョヤナギの写真を添付したメールをもらった。末尾には「イリュージョンをみているようです」とある。なんとなくわからないではない。が、どうもしっくりこない。行間にすきま風がふいている。「じぶんのまわり」って、どこなのだろうか。「みな怒り狂って」いるとは、内面のどんな情景をさしているのだろう。「みな」とはだれなのか。疑問はわくけれども、こうした文面が、いまもっとも「穏当な常識」なのかもしれないな、とおもいなす。

意地わるくみるなら、右のセンテンスは時候のあいさつみたいなもので、毒にも薬にもならず、それ以上でもそれ以下でもない。ツッコミをいれるほうがヤボというものか。「イリュージョン」は、ビジョヤナギのことではなく、共謀罪成立の顚末をさすらしいのだが、幻覚なり錯視のわけをさぐろうとするふうもない。ぎゃくにいえば、黄色の花

二〇一七年

をそえた一通のメールとしては、たしかに、こちらのほうが肩がこらない。ものごとを執拗につめず、思考をてきどにうちきり、軽やかに話題を転換するやりかたも、抑えがきいていて、上品で、しゃれている。でもな……と惑う。

メールにはこうもあった。「〝民主主義ってなんだ？　コレだ！〟――2015年、私もこのコールになんども参加しました。やはり、(民主主義は)初めからなかったのでしょうか？」。疑問文だが、せつじつに問うてはいない。答えはなくてもよいのだ。「みな」や「じぶんのまわり」の空間的範囲や質量や密度、ここで言われる「怒り狂う」ことの熱量のていど、そのさいの身ぶり、動作……が、ばくぜんとみえてくる。「適切」という、いまふうのバカげた常套語がうかんでくる。

このメールを、ビジョヤナギの写真とともに、いちまつの〝雑味〟はのこるものの、わたしはなんとはなしに好感しないでもなかった。少なくとも不快ではなかった。ひどい話はいくらでもあるのだ。「もし北朝鮮のミサイルで私の家族が死に、私が生き残れば、私はテロ組織を作って、日本国内の敵を潰していく」と、ある人気作家がこの春、ツイッターに書きこんだら、「賛同」の声が殺到し、「テロ組織」に参加を希望する声も多数よせられたという。趣旨からして作家と賛同者らは共謀罪＝テロ等準備罪の適用対象になりかねない話だが、そうはなるまい。反対に、この国粋主義的極右作家の言う「日本国内の敵」すなわち共謀罪反対勢力が捕まる可能性があるというのだから、とてもではないがやっていられない。

共謀罪が成立したのはイリュージョンではない。この社会は思惟する人間の生殺与奪の権を、ろくなたたかいもせずに、やすやすと官憲にあたえてしまったのだ。「じぶんのまわり」は反対しているようにみえても、賛成者はいくらでもいる。「みな怒り狂って」いるとみるほうが、悪意はないにせよ、あるしゅの錯視だったのではないだろうか。そして「怒り狂う」ということの、リアルなイメージは描きなおされたほうがよいだろう。共謀罪は少しも「適切」でも「穏当」でもないのだ。少しも適切ではない事態にみあう反対行動（表現）のありようとはなにか。思考のねりなおしをしなければ、現代版・治安維持法はこんごますます拡大、強化されていくにちがいない。ほんとうに「みな怒り狂って」いたなら、こんなにかんたんに共謀罪がとおるわけはなかったはずである。わたしたちは「怒り狂って」はいなかったのだ。

メールの主によれば、ビジョヤナギは「華美にみえて、実際には、とても繊細」なのだという。庭の花でどれかひとつだけをえらべと言われたら、やはりビジョヤナギをとるそうだ。そうなのか、とおもう。おもうそばで、なぜビジョヤナギと共謀罪の話を並べたのか、といぶかる。花と共謀罪はどうあってもなじまない。黄色の花はそれのみで描写されたほうがいい。ならべられた共謀罪の未来は、血みどろなのだから。

「天皇主義」宣言の思想的退行

ひとというものは、上機嫌だったり、不機嫌だったり、快活だったり、うちしずんだりするものだ。ていどの差こそあれ、情動のあまり一定しない、むずかしい生き物なのである。生理的、社会的な諸条件により、寡黙にも饒舌にも、ぞんざいにも、つっけんどんにもなり、そうかとおもえば、いつくしみにあふれた気分にも、一時的であれば、なることができるだろう。だれにでも愛想をよくし、つねに笑みをたやさず、他を呪わず、わめかず、アカンベイもせず、恩愛こめて民衆に手をふりつづけるニンゲン存在とは、では、なんなのだろう。ひたぶるに〝善〟のみを前提され、だれにだってあるだろう性根のたわみを押しころし、他者の幻想と国家という擬制に、おのが面差し、身ぶりをあわせて生きなければならない仕組みとは、生体のありようとしては、まことに残酷というものではないか。天皇制へのわたしの原初的疑問はこれにつきる。

しばらくまえに『月刊日本』のインタビューで「僕は天皇主義者に変わったのです」と宣言した内田樹というひとがいる。天啓でもえたかのような、たかぶった口ぶりに、かなりまえから知識人といわれる者たちのあいだで思想の劇的退行がすすんでいるという実感はあったものの、やはりあきれて絶句した。内田氏は言う。「『立憲デモクラシーと天皇制は原理的に両立しない』と言う人には、『両立しがたい二つの原理が併存している国の方が住みやすいのだ』と言いたい。単一原理で統治される『一枚岩』の政体は、二原理が拮抗している政体よりもむしろ脆弱で息苦しい。それよりは中心が二つの政体の方が生命力が強い。日本の場合は、その一つの焦点として天皇制がある。これは一つの政治的発明だ」

ほう、このクニには、あいことなる「二つの政体」があるというのか。ここからして錯視的である。内田氏は「天皇制と立憲デモクラシーという『氷炭相容れざるもの』が拮抗しつつ共存している」というのだが、これも倒錯ではないか。凡眼には、天皇制とそれを強固にささえるメディア・大衆社会、および天皇制をどこまでも利用する政治の荒廃は、はっきりとみてとれるけれども、氷炭相容れざるはずの、意思的にたたかう「立憲デモクラシー」なるものは、どこにもみあたりはしない。「拮抗しつつ共存している」のではなく、「立憲デモクラシー」が実質的には存在しないからこそ、天皇制とファシズムが抵抗もなく円滑に継続、発展しているのだ。

明仁天皇とその配偶者の人気はいまや絶大である。その波にのるかのように、かつて天皇制をあれほどきらっていた作家や知識人、政治家らがこのところ、つぎつぎに宗旨がえしつつある。あたかも明仁天皇夫妻を慕うことが、ゴロツキ集団とみまがう自民党政権否定につながるとでも言いたげなのである。内田氏は「私は天皇制がなければ、今の日本社会はもっと手の付けられない不道徳、無秩序状態に陥っているだろうと思っています」とまで力説する。このように断じることに、すこしのためらいもなさそうなことに、わたしは戦慄する。あられもない天皇だのみに反論する気力もうせる。首をふってつぶやくしかないではないか。「だがわれわれはそういうものでしかありえないのか」と。

そう問いかけたのは『「国民の天皇」論の系譜——象徴天皇制への道』（社会評論社）の著者、伊藤晃さんだった。「だがわれわれはそういうものでしかありえないのか」の自問は重大である。憲法第一条「天皇は、日本国の象徴であり日本国民統合の象徴であって、この地位は、主権の存する日本国民の総意に基く」。ここに、「国家・国民一体」の虚構とその無理強いはないか。なぜ天皇が「国民統合の象徴」でなければならないのか。それが「日本国民の総意に基く」には、「立憲デモクラシー」の観点にたったばあい、民主的で客観的な論拠があるのだろうか。原点から考えなおすべきではないのか。「戦後民主主義派知識人が親天皇に回帰していく条件は、彼らの多数が反天皇制を唱えていたころ、すでに準備されていた」と伊藤さんは書いている。含意は深い。

「末人《まつじん》」について

新聞社勤めの友人がある日の会議で、とつぜん、だれかが放屁するのを耳にしたのだそうだ。記事のいわゆる「コンプライアンス」にかかわる、堪えがたいほど退屈でくだらない会議のさいちゅうに。世界をあざ笑うかのような間延びした、しかし、およそ憚《はばか》ることのない、不逞の破裂音。むかしから言う。デモノハレモノ、トコロキラワズ。そのとおりである。とくに、おもしろくも、おかしくもない。しかし、友人がおどろいたのは、そのできごとの直後の、信じがたい静寂と上司や同僚のまったき「無反応」であった。笑いも怒りも詫びも譴責もあらばこそ、ほぼ全員がただ目をパチクリしばたたいただけなのだそうだ。

友人によれば、つまり、その場のほぼ全員が、「事件」などなにもなかったかのような態度をしめした。ぎゃくに容疑者のほうは、音質からして、その一発が過失ではなく、たしかに衝動的であったやもしれないものの、あらかじめ他者の無反応をみこしたがゆえの、どちらかと言えば、故意の、挑発的〝犯行〟だったようでもあるという。が、部内では後日そのことが話題になることも詮索されることもなかった。ビールをのみながら、わたしは大笑いし、ニーチェが予言した「末人」をおもった。1880年代に発表された『ツァラトゥストラはかく語りき』は「もっとも軽蔑すべき人間の時代がくる」と予告している。

それによると、「もっとも軽蔑すべき人間」とは「もはやみずからを軽蔑することができない人間」なのだそうだ。かれら「末人」は、よくまばたきをする。まばたきしながら、うそぶく。「わたしらは幸福を発明した」と。「末人」は安逸と退屈のなかで思考が退化してしまった、ニーチェ言うところの主体性なき「畜群」にすぎない。「末人」＝「畜群」は、だれもがおなじであることを望む。「そう感じないものは、みずから精神科病院に入院する」のだそうだ。そして、かれらかのじょらにとって、病気になること、うたぐりをいだくこと（そして、おそらく貧困）は「罪」なのであり、石につまずくのも人につまずくのも、世間知らずの「アホ」なのである。

さて、くだんの無礼な放屁者と被放屁者のどちらが「末人」であり「畜群」なのか、はたまた、ここに「超人」指向者はいるのか、早計に結論することはできない。人間を超克されるべき中間者とみなし、その超克の極限にたつ「超人」概念が、放屁のげんばにあったとはどうもかんがえづらい。放屁者も被放屁者も、ニーチェがたとえたとおり、いつまでも根絶やしにできない「ノミ」ていどのそんざいではないのか。ニヒリズムもアパシーもありはする。だが、徹底するわけではない。「いまさらだれが統治しようとするか、いまさらだれが服従しようとするか。どちらにせよ面倒なことだ」と「末人」は思考を放棄してしまう。「末人」は、理想のためにひとりで戦ったりはしない。かれらは「小さな昼の快楽、小さな夜の快楽をもってはいる。だが健康が第一だ」とおもっている。

こうしてなぞってみると、「末人」とは、おおむね、いまのわれわれのことであるらしいと気づく。人間の「末人」的退化にかんしては、すでに1990年代に、浅田彰がフランシス・フクヤマとの対談で「アメリカ的あるいは日本的な消費社会における人間はすでにそうなっているのではないか」(『「歴史のおわり」と世紀末の世界』小学館)とかたっている。フクヤマはこれにたいし、「末人」＝「最後の人間」の問題は自由民主主義が解決しえない最大の問題であると指摘し、「だれもが同じように凡庸な消費者に成り下がってしまうこと」の「気概」のなさに触れてはいるが、解決の糸口はしめしえていない。管見によるなら、「末人」は自由民主主義の副産物ではなく、むしろ資本主義の必然的産物だろう。では、このたびの会議中の放屁はあるしゅの「気概」表明だろうか。わからない。しかし、事件の真犯人は、それをわたしにおしえてくれた友人ではなかろうか、とかんぐっている。

マッドとクレイジー

本稿の締め切り日と雑誌の発行日には、そうとうの時間差がある。その間に《なにか》《とんでもないこと》がおきて、世界の様相が一変してもおかしくない。まじめにそうおもっている。《なにか》がなにか、いくつかの外形的イメージはある。たとえば大地震。たとえば大津波。たとえば大噴火。たとえば核爆発……つきなみな予感である。おそかれはやかれ、どれか、あるいはすべてが、くるにきまっている。しかし、わたしの言う《なにか》《とんでもないこと》は、戦争をふくむ右のような災厄であるいじょうに、にんげんの内面の、狂気じみた崩壊である。それはとうにはじまっている。

にしても、わからないことばかりだ。東京五輪をなぜやるのか、わかりかねる。すんなりやれるとおもっているらしいことが不可解である。とにかく五輪はすばらしい、というおもいこみもバカバカしい。北朝鮮指導部となぜ対話をしないのか、わからない。話しあいにどんな不都合があるのか、さっぱり解せない。制裁、圧力一辺倒なのが、子どもじみてみえて、なっとくしかねる。北朝鮮には、上から下まで、残酷でクレイジーなにんげんばかりが住んでいて常識がつうじない、というきめつけがわからない。トランプという、みたところ売春宿のオーナーみたいな大統領がなぜ登場できて、いまも言いたい放題なのか、ほんとうはよくわからない。トランプに情けないほど媚びへつらうニッポンの政治屋もとうてい理解をこえる。

まだある。「――をやらさしていただく」という語法がわからない。ていねいなのか無礼なのか乱暴なのか鈍感なのかずうずうしいのか、わからない。既婚の国会議員が配偶者いがいのじんぶつと「週4回」もデートしたから、なにがニュースか、わからない。「男女のかんけい」かどうか、「一線をこえた」かどうかの、いったいなにが問題かまったくわからない。これにイカれたヒルのようにたかり、吸いつく記者たちの神経がわからない。テレビにかじりつき、インターネットで投稿するひとびとの心理がわからない。

さわぎをうけて議員が離党し「コクミンのみなさまにご迷惑とご心配をおかけしました」と、おわび会見したいみがさっぱりわからない。

かれらがクレイジーなのか、事態を理解しないわたしがマッドなのか、わからない。精神科のある医師によると、「クレイジー（crazy）」と「マッド（mad）」は、別種のがいねんなのだそうだ。19人の重度障がい者を殺害したあの青年は、措置入院がひつようなほどのマッドではなく、狂熱的で孤独な、せいぜいクレイジーにぶんるいされてよい人格のもちぬしだったのではないかという。強制をともなう措置入院が、むしろ退院後の犯行のひきがねになったのではないか、と。これは、なんだかわかる気がする。ハッとする。

パスカルが『パンセ』で「人間が狂気じみているのは必然的であるので、狂気じみていないことも、別種の狂気の傾向からいうと、やはり狂気じみていることになるだろう」と記し、フーコーがこれを『狂気の歴史』のエピグラフとしたことはとても示唆的だとおもう。にんげんという現象じたいが、本質的に狂気じみているので、いっけん正気のような身ぶりもまた、マッドの一現象であるということ。すくなくとも、狂気と正気にはっきりとした境界線がないことは了解できる。

とは言っても、わからないことばかりだ。テレビが障がい者殺傷事件や重度重複障がい者の生活を特集すると、どうしてほとんどが平板で〝ハートウォーミング〟なヒューマンストーリーになってしまうのか。強迫神経症のように、そうつくってしまうわけが、わからない。弱者にやさしい社会で、障がい者を日々ささえつづける介助者たちのどりょく。障がい当事者と共生することの尊さ。わからないではない。だが、だとしたら、マッドはどこにいったのか。どこにもマッドがみあたらない風景にこそ、真性のマッドがひそむ。

日常の異界

二〇一七年

ことし読んだもののなかでもっとも後味のわるかったことばは、「虐待の加害者ほど〈よい家族〉をよそおう」であった。だれでも外面《そとづら》はいい。やさしい。だが、〈家〉という死角では、たとえば認知症患者に近親者が身体的・言語的暴力をふるうのはけっして稀ではない。日常の異界が笑顔でたくみにかくされている、というのだ。「医師作家」とよばれるひとが小説のなかでそう書いていた。なぜ後味がわるかったか、うまく言えない。意想外であるとどうじに、なるほど、そうかもしれないなと感じ、じぶんにもかんけいがありそうだとおもい、気分がざわざわと散らかったのである。ふだんは気づかない「深部痛覚」を刺戟されたのかもしれない。

認知症の親をもつ友人がなんにんかいる。話を聞いていると胸がえぐられる。ゆすぶられる。母親を「殺したろか！」とおもったことがあると、いままで見せたことのないすごい形相でうちあけた友の話がわすれられない。ほんの一瞬とはいえ、〈親殺し〉の衝動がわいたというのだ。あいては病気なのだから……という理性がどうしてもはたらかなくなるときがある。認知症といっても千状万態だろうけれども、友人は、「記憶」「見当識」「知能」などの認知障害や「人格変化」といった症例におさまりきらない〈神秘性〉と〈悪魔性〉が不思議でしょうがないとかたる。

たとえば、家族が大事にしている瀬戸物やガラス細工をわざとこわしてしまう。で、認知症の親にみつからないようにと、納戸のおくにかくしても、認知障害とはおもえぬ眼力でみつけだしてきて、たたきこわしてしまう。介護をしている家族の神経をさかなですることを、しかも堪えがたいほどいやなことを、どうやってそのような〝能力〟を身につけたものか、えらびにえらんで執ように言いつのる。指摘すると逆ギレする。かんぜんな悪意と敵意のかたまりになる。友人のことばをそのままもちいれば、母親は「他者をきょくどに不快にさせる天才」になってしまった。

聞いていてギクリとするのは、母の病変にけんめいに対処する友人も、つもりつもった疲労とともに、いつのまにか母親へのくぐもった悪意(ときには嫌悪・軽べつ)をひきだされ、増幅させてしまっていることだ。むろん友人はそれに気づき、あわてて内面を〝修正〟してはいる。が、認知症の親の仕打ちからうける傷よりも、じぶんの内心にわいた病んだ母へのおもいがけない悪意によるダメージが、精神の受傷としてはよほど深いという。ことは病気と介護の問題ではある。よくある話でもある。だが、それだけにとどまらず、人間存在の根源に走っているかもしれない〈黒い裂け目〉のようなものをなぜか感じてしまう。

病気であろうとなかろうと、ひとはだれしも、みずからにひとりかふたりの〈不都合な他者〉をもちつづける。それに気づいているひとも、気づかないひともいる。だから、この世には暗黙の約束ごとがある。〈不都合な他者〉を不用意に登場させてはならないという黙契。〈不都合な他者〉を自己体内にかくしたまま、わたしたちはひとりの〈健常なじぶん〉を演じつづける。〈健常な〉という形容詞は〈健常とされる〉と同義の、病んだ幻想にすぎない。「虐待の加害者ほど〈よい家族〉をよそおう」は、こうしたことどもと暗いかんけいがあるのかもしれない。〈家〉という死角では、〈不都合な他者〉

と〈健常なじぶん〉が、いれかわりたちかわり、あらわれきては、病者を慈しみ、ときに傷つけては、みずからも傷つく。

しばらくまえに施設に入所したお母さんの写真を見せてもらった。抜け殻のような姿を予想したが、ちがった。ベッドの端にちょこんとすわったかのじょは、物と人への執着を記憶ごとなくしているというけれど、からだの底に深い海溝を沈めているかのような、名づけがたい重みと品位をただよわせていた。

（注）衆院選について書こうとしたが、おぞましいのでやめにした。悪魔が未来を俯瞰している。

二〇一八年

「含羞草」について

オジギソウというマメ科の多年草がある。葉は夜になると閉じる〝就眠運動〟のほか、昼でも触れられて刺激をうけると閉じて垂れさがる閉葉運動をする。そのうごきが「お辞儀」みたいなのでオジギソウとよばれるが、漢字では「含羞草」と書かれたりする。含羞《がんしゅう》とは、はじらいである。ふるえるようにして葉を閉じる様が、さもはじいっているかのようにみえるから、含羞の二字があてられたのだろう。だが、含羞はもはや死語かもしれないとおもうのは、わたしだけではあるまい。理由は言わずもがな。この国だけではなく世界のどこをさがしても、しきりにはじいっている御仁などみあたらないからである。

羞恥ということがどれほど重い感情（だった）か、はじめておもいしらされたのは、若いころに永井荷風の「花火」（1919年）というエッセイを読んだときだ。「花火」の背景には「大逆事件」がある。1910年5月、幸徳秋水ら多数の社会主義者・無政府主義者が明治天皇暗殺を計画したとして、かくたる証拠もなく「大逆罪」のかどで逮捕された。検挙者は全国で数百名にのぼり、翌年1月、幸徳ら12人が処刑された。処刑の前に、荷風はたまたま市ヶ谷のあたりで、幸徳らをのせた囚人馬車を見かける。そのときのショックが、ややオーバーに言えば、荷風の生き方をきめた。

荷風は「……何となく良心の苦痛に堪へられぬやうな気がした」「自ら文學者たる事について甚しき羞恥を感じた」とそっちょくに記している。甚しき羞恥のわけは「文學者たる以上この思想問題について黙してゐてはならない。小説家ゾラはドレフュー（ドレフュス）事件について正義を叫んだ爲め國外に亡命したではないか。然し余は世の文學者と共に何も云はなかつた」ためであった。

ドレフュス事件とは1894年に、ユダヤ人のアルフレド・ドレフュスがスパイ容疑で逮捕された冤罪事件だが、エミール・ゾラは当局のきびしい弾圧にもめげず「余は弾劾す」を発表してドレフュスを弁護しつづけた。荷風はゾラとおのれを比較してオジギソウのようにはじいったわけである。「以来わたしは自分の藝術の品位を江戸戯作者のなした程度まで引下げるに如《し》くはないと思案した」と荷風は述懐、政治に背をむけ、どんな政治的大事件がおきようとも「下民《かみん》の與《あずか》り知つた事ではない」とうそぶいて廓がよいに精をだしたというわけである。

ニッポンの皮相な近代化に反発、江戸趣味に耽り、俗に見えて、そのじつは反俗的な文明批評家としての姿勢をつらぬいたといわれる断腸亭主人。では、いま生きてあればどうだったのか。この国の政界、トランプ、習近平らのやることなすことに、やはり「下民の與り知つた事ではない」と韜晦して、高級料亭、クラブがよいをするだけだっただろうか。そうともおもえない。『断腸亭日乗』には、忘れがたいこんなくだりがある。

東京に朝鮮人の踊り子の一座がきて、公演で日本の流行歌を日本語でうたった。荷風はその哀調が気に入り、「朝鮮語にて朝鮮の民謡を」うたえばいいのに……と一座に提案したところ、「公開の場所にて朝鮮語を用ひ、また民謡を歌うことは厳禁せられている」との答え。荷風はこれに悲憤慷慨して書いている。「余は言いがたき悲痛の感に打たれざるを得ざりき。……其国民は祖先伝来の言語、歌謡を禁止せらる。悲しむべきの限りにあらずや」。ときあたかも、真珠湾攻撃のあった1941年。朝鮮半島はニッポンの領土とされ、朝鮮人はいっぱんに〝鮮人〟とよばれて公然と差別されていた。荷風はゾラほど堂々たる反骨ではないにせよ、1941年のニッポンで朝鮮人を「其国民」と敬意をもってかたるのにはどれだけの知性と勇気が要ったか。

さいきん、しきりに韓国・朝鮮のことをおもう。ニッポンにはけっきょく、「含羞草」が根づかなかったのではないか。

拙下つつしんでお訊きする

新春にあたり、拙下つつしんで読者諸兄姉におたずねもうしあげる。いたずらに馬齢をかさねるのみの無知蒙昧、恥じいるばかりなれど、どうかご教示たまわりたい。

ひとつ。現在は平時なりや戦時なりや？　平時だとして、2018年度予算案の軍事費総額が過去最大の5兆1911億円とは、などてかくもの狂おしいのか。愚生にはとうていわかりかねる。米国製の陸上配備型イージス・システム導入のための調査・設計に7億円、日米共同開発の迎撃ミサイル「SM3ブロック2A」などの購入費627億円。航空自衛隊の戦闘機に搭載する長距離巡航ミサイルJSMの導入費21億6000万円計上とはこれいかに。JSMはノルウェー製で射程が500キロ。くわうるに、射程900キロの米国製巡航ミサイル「LRASM」「JASSM」の導入のための調査費用にも3000万円をあてるとは、いったいぜんたいなにごとならん。

ひとつ。憲法9条はどこでどう機能しているのか？　敵基地攻撃のための長距離巡航ミサイルだけでなく、F35Aステルス戦闘機（6機、785億円）など米国製の高額兵器

二〇一八年

調達コスト4102億円とは！「武力による威嚇又は武力の行使は、国際紛争を解決する手段としては、永久にこれを放棄する」「陸海空軍その他の戦力は、これを保持しない。国の交戦権は、これを認めない」の誓約を泥足でふみにじり、鼻のさきでせせらわらうやりかたを、どうかんがえ、どう怒り、どう抵抗すればよいのか。

ひとつ。わたしたちはすでに平和的価値の最期の生命線と砦を失ってしまっているのではないか？　もしくは、わたしたちはあまりにも楽観しすぎているのではないか。ひどく高をくくっているのではないか。いや、ひょっとしたら、わたしたちはもう平和に飽き、無意識に戦争を望んでいるのではないだろうか。

ひとつ。われわれは、空から米軍ヘリの窓が、ある日あるとき、小学校の校庭に落下してくるシーンのものすごさを想像するちからを、あらかたなくしているのではないか？　民衆をなめきった米軍側の態度を「侮辱」と感じる感受性をなくしているのではないのか。「基地があるところに学校をつくったのに文句をいうな」「基地のおかげで稼いでいるのだからよいではないか」といった学校へのいやがらせ電話の異様さに心底、腹をたてる神経をなくしているのではないか。

ひとつ。わたしたちは日米安保条約とはなにかを忘れてしまっているのではないか？　このクニの平和がもっぱら日米安保によってまもられている、ニッポンは日米安保の

「受益者」でもあるという信仰と幻想がまん延しているのではないか。よって沖縄の人びとは米軍のいかなる暴力、不行跡にもがまんせよ、と内心おもってぃはしないか。憲法9条おおむね支持・日米安保おおむね肯定という、とてつもない自己矛盾を大半のホンドジンがかかえたままではないのか。これは思考と行動の放棄ではないのか。

ひとつ。わたしたちは日米安保なきニッポンのすがたをまったくイメージできていないのではないか？　あたかも天皇制なきニッポンのリアリティをついに想像できないように。日米安保なき社会のためになにを、どうすればよいか、だれもかんがえてはいないのではないか。

ひとつ。北朝鮮の人びとは、うえからしたまで、まるごと例外なく愚かで乱暴で危険であると錯覚してはいないか。そのような政治宣伝にやすやすとのってはいないか。

ひとつ。わたしたちのアタマは日に日に幼稚になっているのではないか。いつの日か徴兵制または準徴兵制をゆるしてしまうのではないか。

ひとつ。げんざいとは、わたしたちがみんなで支える「空無のファシズム」ではないだろうか。以上、どうかご教示たまわりたい。

冗舌と孤愁

深夜の酒場のカウンター。客は帰り、そのひととわたしだけがのこった。わたしたちはちょっと目礼しただけで、カウンターの奥にならぶ酒瓶をながめるともなくながめて、しばらく口をきかないでのんでいた。わたしはその客と話したいとおもっていなかった。店の表の照明が消された。店のなかもすこし暗くなった。やがて、どちらからともなく話しはじめた。どうしてそんなことになったのか失念したが、「洞窟」の話になった。ドウクツって、すごい漢字ですね。「うろ」に「いわや」ですものね。声が奥から反響してきそうだし。発音もなにか底ぐらいですね。ドウクツ……。そんなようなことを、たがいにうなずきあってボソボソと語りあった。どのぶぶんがかれの発言で、どのぶぶんがわたしのかは、いまは混濁している。

かれはわたしより老いていたが、存外にひとなつっこく子どものような目をしていた。話題がうつった。英語で洞窟はどういうか。もっぱらかれがしゃべった。冗舌になった。cave より grotto が、空間的サイズは小さいけれど、よほどすごみがあって、おもしろい。

グロットじゃないんだ、グロドーみたいな発音なんだね。グロテスク（grotesque）の語源だって、きみね、地下墓所や洞窟を意味するイタリア語grottaからきている。grが語頭につくとおもしろいことになる。グルーサム（gruesome）もそうだな。身の毛もよだつってんだから……。grは奥が深いよ。しばらくしてから、編集者かだれかが車でむかえにきて、話半分でかれは会釈をして消えた。無精ひげがはえていて、やや猫背だった。わたしはgrottoをうけて、この世の「昏《くら》さとむなしさ、空っぽさ」（dark and empty）について話をうかがおうとしていたのだったが……。

かれは真冬の多摩川を流れていたのだという。東京に大雪がふったのはその翌日か翌々日だったのに、しんしんと雪ふる白い川をかれ、西部邁さんがひとりあおむくかうつぶせるかして流れていった気がしてならない。「みごとな死にっぷり」も「無様な死」もありはしない。死は死だ。なにをいおうが、どう死のうが、「右」の死だろうが「左」の死だろうが、ただの死であるにすぎない。そのことを故人はよく知っていて、ついにしゃべるのをやめ、川を流れていったのだろう。

かれが保守派論客だったという分類にはあまりかんしんはない。学生時代、結成時の共産主義者同盟（ブント）のメンバーで、60年安保闘争に参加したという経歴にも大したきょうみはない。そんなものはよくある血液型のごときものであり、血液型ではじんぶつの思想も内面も判断できはしない。わたしがそれよりも惹かれるのは、かれが若かったころ吃語症で、しゃべることが苦手だったとつたえられることだ。なのに、かれはなぜあんなにもしゃべりまくったのだろうか。いや、そのわけもなんとはなしにわかる気がする。故人は興にのって話すうちに、ふいにわれにかえり、冗舌なじぶんをバカにするような、つきはなすような表情になった。孤愁がただよっていた。

にしても、かれは世の中とメディアに、ほんとうによくつきあった。くだらぬメディアの思惑どおりに論敵と議論し、支配権力を擁護するかのような発言も恥じることなくくりかえした。いわゆる「民主主義」と「市民」に、飽かず冷水をあびせつづけもした。わざと悪役をかってでる、ひねくれた〝道化〟のようでいて、選挙にはかんしんをよせたりした。まるで純情無垢な市民のように。わたしはかれの思想に敬意をいだくことはなかった。が、かれの孤愁をちょっと気にしていた。もう「右」も「左」もあったものではない、すれっからしの夜に、dark and emptyのゆくすえについて、こんどは訊いてみたいなとおもう。

石牟礼さんと皇后とパソコン

石牟礼道子さんが亡くなって間もなく、パソコンの調子がわるくなり、ついに使えなくなった。ふたつのことはもちろん、なんの関係もない。ただ、ときの移ろいに気づき茫々とするばかりである。石牟礼さんと手紙のやりとりをしていたとき、それらはもちろん「メール」などというものではなく、たがいに万年筆で縦書きした「書状」というにふさわしいものだった。

彼女の字は意外なほど大きく、おおらかで、挿入や書きかえの箇所には、そうしたわけといきさつをしめすように、もともとの文言に縦線をひき、そのよこに最終的にえらばれた文言が吹きだしみたいな囲みのなかにしるされていた。思念の経緯が消えない〝傷痕〟としてのこっているそれらの手紙は、幾重もの想いをこめた「作品」といえる。

熊本のお宅を訪問したとき、畳の部屋に石牟礼さんの座り机があり、原稿用紙の上に大きなルーペがおいてあった。かのじょはそのとき、わたしのために夕食のしたくをしていたのだが、後ろ姿を眺めつつ、正座したかのじょがルーペで資料やわたしの手紙を

二〇一八年

読んでいる様子を想わずにいられなかった。

後ろ姿のまま、語調を変えるわけでもなく、ふいに皇后の話をしてくれた。美智子さんが水俣病問題につよい関心をいだいており、石牟礼さんからじかに話をききたがっている、と。そのあとは球磨焼酎ものせられた食卓で話した。かのじょは目をほそめ羞じらうように笑い、つづけた。美智子さんは問題意識が深いし、きらう理由はなにもない。むしろ、すきなかたですよ……といった前置きであった。

それから息を吸い、「でもねえ……」とつないだ。その「でもねえ……」がいまでも忘れられない。前世紀末、石牟礼さんにちょうどパーキンソン病の診断が下ったころではなかったか。「でもねえ……」のつぎは、皇后にお目にかかり、まさかじぶんが水俣を案内するわけにはいかないじゃないですか……という話しぶりであった。なぜかは具体的におっしゃらなかったのだが、わたしはうなずき、なんだか得心した気になったものだ。

その後、2013年に天皇と皇后が水俣市を初訪問したときには、石牟礼さんが皇后にあてた手紙がきっかけとなり、胎児性水俣病患者との〝おしのび対面〟がじつげんしたとつたえられる。皇后は石牟礼さんと顔をあわせてもいるという。それでは「でもねえ……」とはなんだったのか。美智子さんをきらいでなくても、ふたりで親しく面談するわけにはいかない、という「たてまえ」がくずれたのだろうか。

石牟礼さんによってかたられていないことがある。天皇制のこと。それにまつわり黙殺されたおびただしい影のこと。石牟礼道子さんはじつに敏感で、正直なかただった。ウソがいえない。政治的な立ちまわりをいやがった。あらゆる種類の権力と権威をきらった。かつて新左翼学生のアイドル的詩人だった谷川雁に師事もした。そのかのじょも晩年、ご多分にもれず〝変節〟して皇后ファンになっていたのだろうか。まさか。

老いと病とは、生き方をそんなにも変えさせるものだろうか。わたしにはよくわからない。よくわかるのは石牟礼さんの「でもねえ……」なのである。わたしだって天皇や皇后に個人的に恨みなどいだいてはいない。だからといって天皇制をなんとはなしに受容したり、皇室の手をかりてなにごとかをなそうとしたりするのはあやういとおもう。天皇夫妻の存在を、晴れがましいことの象徴とし、この国の〝モラル・スタンダード〟であるとするのも知的後退である。

パソコンがこわれてみて、いかにそれに依存しているかおもい知らされた。あたふたとし、体内すみずみに知らずはいりこんでいる恥辱の〝菌〟を感じた。石牟礼さんと手紙のやりとりをしていたころをなつかしむ。

オババと革命

駅近くをあるいていると、よく蓬髪短躯《ほうはつたんく》の老婦人をみかける。わたしはかのじょを心のなかで（失礼ながら）オババと呼んでいるのだが、見かけよりはよほど若いのかもしれない。ゴム草履を履き、襤衣《らんい》ながらも、背筋をぴんとのばしてスタスタと忙しげにどこかへとむかっている。その姿をみるたび、ああ、きょうは元気そうだなとホッとする。どうじに、さまざまな感情が胸に渦巻く。このひとの塒《ねぐら》はどこなのだろう。どうやって生活しているのか。身よりはないのか。支援者はいるのだろうか……。そして、はっと気づく。オババにかんするそうした疑問が、わたしにとって、ほんとうは、けっして切実ではないことに。

すれちがい、ワンブロックもあるかぬうちに、わたしはかのじょのことをあらかた忘れているのである。だいいち、わたしはかのじょの面立ちをまったくおぼえていない。声も知らない。名前も知らない。そして、かのじょについてなにも知らないことが、わたしの気分をなにがなし〝楽〟にしているのかもしれないと心づく。

ある本を読んでいて、一見どうということのないトートロジー（同語反復）にいたく感じいった。「あなたがたがダメなのは、ほかでもなく、あなたがたがダメだからだ」。簡明といえば簡明。しかし、生きる出口を封じるきわめて残忍な、今日的ロジックである。あなたがたの貧困は政治や社会ではなく、あなたがたの「無能」にげんいんがある、と同義の、これこそいわゆる新自由主義の論法だ。それがいま、「自己責任」論とともに、世界にまん延している。

新自由主義とか歴史修正主義とかいえば批判が足りるとおもうのは大きなまちがいだ。わたしたちはここにきてにんげん圧殺の怒濤のような流れに直面しているのであり、極論するならば、各種ヘイト・クライムにたいしてもあまりにも無抵抗である。ヘイト・クライムはげんざい、人種・民族差別を超え、生活保護受給者や申請者ら貧者や社会的弱者を「怠け者の常習的たかり屋」などと決めつけて排斥する流れにもなっている。

なつかしくおもいだす。英国の全労働者はじぶんたちを組織的に搾取している富者にたいし「深いうらみ」をいだいており「このうらみはあまり遠からずして――ほとんど計算しうる時期に――革命となって、それにくらべれば第一次フランス革命と1794年（「テルミドールの反動」）も児戯に類するであろうような革命となって、爆発するにちがいないのである」と、エンゲルスが予言した（『イギリスにおける労働者階級の状態』）のはむかしもむかし、1845年のことだった。エンゲルスはマンチェスターの工場で労働をし、資本家による過酷な労働者搾取を身をもって経験したのだった。だが、エンゲルスのいうような革命は起きなかった。革命いまだし……というべきかどうか、わからない。

経済的・政治的に対立する階級間の争いを階級闘争といい、往時はもっぱら搾取される労働者階級が資本家側にしかける争議をさしたものだが、げんざいは「上からの階級闘争」が主流になっているという見方もある。富者が貧者に攻勢をかけ、いよいよ崖っぷちまで追いつめているというのだ。富者＝善。貧者＝悪。「あなたがたがダメなのは、ほかでもなく、あなたがたがダメだからだ」。こうしたデタラメな理屈は、さて、わたしとはいっさい無関係だろうか。オババを遠目にしながら自問する。

わたしはオババを知らない。目をあわせたこともない。かのじょを天才的だとおもったことはある。快も不快も、わたしになんらの印象ものこさない、その身のこなしと目差し、気息において、けだし天才的ではないかと。ちがう！　わたしがかのじょの名前はおろか面差しも知らないのは、よくよくおもえば、わたしがかのじょを正視せず、なにも問うたことがないからだった。白のまさる薄茶の、箒《ほうき》のような髪に、ほろほろと桜の花弁が散っていた。

濁世

濁世《じょくせ》という。にごり穢《けが》れた世の中のことである。若いころ、この二字をみるとドキリとしたものだ。いまはどうということもない。心がうごかない。ことばがもう訴求力を失ったのか、「にごり穢れ」が日常化したからか、あるいは両方のせいか、わからない。わからないことばかりである。政治家も役人も、子どもだってわかるようなウソを平然とつく。ほとんどバレていても、みなで連携してウソをつきとおす。ウソをいう当人たちも、それを聞かされる世人も、マスコミも、ウソにはとうに慣れっこである。

こうなるとウソをつかないほうがおかしいみたいなことになる。ほんとうのことを洗いざらいぶちまけてやると、とつじょ、国会で尻をまくるような猛者《もさ》は、まずあらわれないし、万一あらわれたとしても、世間が熱い拍手をおくるかどうかあやしいものだ。この社会はもう長く「義人」をみていない。だから、「義人」とはそもなにかを知らない。すなわち、「義人」と悪党のみわけがつかなくなっている、ということだ。

わたしの解釈では、「義人」とは大悪の所在とその本質をかんがえつづけ、衆をたの

二〇一八年

まず、それにひとり挑みかかるものである。というだけで、なんだかこそばゆくなってくる。わたしじしん、にんげんのそうしたありようが、どうにもならないほど尽《すが》れてきていることを痛く知らされているからだ。正義ヅラした大悪と徒手空拳、ひとりでたたかうとしても、へたをすれば〝テロリスト〟とみなされかねない。

大悪は大悪をゆるす社会と民衆によって安定的に支えられている。社会と民衆のなかに大悪の温床があり、大悪を吸いだしては吐きだす維管束のような無数の通道組織がある。われわれは、ウソをつきまくる役人どもとまったく無関係だなどとはいえはしない。ひとびとはかれらにウソのつぐないをさせていないのだから。ウソつき集団のトップと（不正行為が歴然としている）その妻の外国訪問をたんに苦々しくおもったとてなんになろう。ほかならぬ〝膿《うみ》〟じしんがいけしゃあしゃあと「膿をだしきる」宣言をして政権にいすわるような侮辱的手法を徹底的に叩く熱意と怒りと創意なくしては状況が根本的に変わることはないだろう。

にしても、ニッポンのキャリア官僚たちが衆人環視のなか、堂々としかも反復的、持久的にウソをついているときの「顔」ときたら、「顔」の哲学的考察者レヴィナスでも新たに一章をもうけなければならないほどの見物《みもの》ではあった。生身のにんげんとしての恥も怒りも悩乱も身悶えもない、あれらの〝妙に確信にみちた無表情〟を、かれらの妻や子はどんなおもいでみたのだろう。おそらく、ウソを公然と語るものたちも、気づいてはいまい。「不幸にして私は、自分の顔を見たことがない」。サルトルはそう述べたことがある。「私が私の顔を知るのは、むしろ反対に他人の顔によってである」というわけだ。

わたしたちはテレビをみて、かれらの鉛のような無感情に唖然とし、少しばかり戦慄し、ため息をついた。しかし、それ以上に一歩進めておもいを深めるべきではなかったか。あれらの〝妙に確信にみちた無表情〟によって、おのれの顔の造作を知るべきではないか。対岸にならぶかれらの顔によって、此岸の内奥の、鉛のごとき無感情をいまさら発見する手だってあったのではないだろうか。ひとりであらがうことをやめ、ついで、無害の皮肉っぽい笑みと疲れたため息のつきかたをおぼえ、せいぜいが、みんなでおなじ字体のフライヤーをかかげて、me too! と口をそろえること……本質的な現状肯定と良心的ファシズムの生成……に、ふと怖気をふるうことがあってもよくはないか。

狂った祝祭

いまはどんな時代なのだろうか。明るいのか、それとも暗いのだろうか。よい時代なのか、ひどい時代なのか。よくわからない。が、相当にわるい時代なのではないかという直観には変わりがない。面差しを遠くから眺めると、ひとびとはいかにも楽しげにみえたりもするけれど、近くで仔細にみると、笑顔の目の奥が翳《かげ》っていて、なにかにおびえていたりする。ぜんたいとして問題がなさそうでも、顔貌の細部がそれとなく異変をつげているようにもおもわれる。しかとはいえないのだが、眉間の縦じわ、口角のゆがみ、頬のひきつり……のいちいちが、10年前、20年前とはずいぶんちがう気がしてならない。

実時間のただなかにいて、「いま」の色合い、それも他の時代と歴然とことなる色差しや特質を語るのは容易ではない。ではあるのだが、ほぼまちがいなかろうとおもっていることがいくつかある。まず、どこからみても無防備な、屈託ない顔つきというのがめっきり減った。子どもでさえ疲れた屈託顔がめずらしくない。日々〈病むべくそだてられながら健やかにと命じられる〉のだから、顔に断層が生じるのもゆえなしとしないわけだ。まったく屈託ない顔は、いまやかえって精神に問題をかかえているとみなされかねない。

にべもなくいってみよう。商品広告にびっしりと埋められた時空間のわずかばかりの間隙《かんげき》に、わたしたちはもっぱら消費のみを期待されて生かされている。あなたはべつにあなたでなくてもよく、わたしはかならずしもわたしでなくてもいいということだ。われわれはいつでも代替可能な存在なのであり、ビッグデータのなかの芥子粒《けしつぶ》よりも小さな点にすぎない。市場にとって必要なのは、口角泡を飛ばして生き方を議論する生身の、かつ代替不可能な個人ではなく、絶え間なく売りつづけ、買いつづけ、消費しつづける魂なきひととシステムである。

おそらくわれわれはこの高度資本主義の現在とネット社会のゆくすえをまだあまくみているのかもしれない。社会は弱者にたいしつねに一定の救済の道を用意している。言論表現の自由は保障されている。資本主義は敗者や貧者を一方的に排除しているわけではない。努力しさえすれば、かならずむくわれる可能性がある。資本主義にはそれなりの修正能力があるかもしれない……と。だろうか？　搾取、差別、過重労働、失業、低賃金、疎外感、劣悪な職場環境は、労働者諸個人の欠陥と不適合、努力不足によってもたらされている……と、われわれはかんちがいしてはいないか。

ペナル・ポピュリズム（penal populism）ということばがある。以前は刑事事件の加害者への厳罰主義と解されていたが、現在はそれにとどまらない。芸能タレントやスポーツ選手、有名人の不祥事やいわゆる〝不倫〟、セクハラ問題を、これでもかこれでもかと集中豪雨的に取材、報道し、当事者だけでなく、その家族らもさらし者にして「お詫び会見」の場にひきずりだし、テレビやネットメディアが生中継する手法はいまや既定の様式と化しており、〝狂った祝祭〟とでもいえるほどの異様な活況を呈する。テレビはこれで一気に視聴率をあげ、ネットメディアはアクセス数をふやす。

この〝狂った祝祭〟にはみのがしてはならないいくつかの特徴がある。「お詫び会見」には、主たる政治権力者は、いかに重大な政治犯罪を犯していても、ほとんどひきずりだされることがない。詫びる対象は、市民でもコクミンでもない。「世間」という実体不明のニッポン独特の「感情共同体」である。視えないそこにむかって、常套的謝罪のことばを語りかけ、こうべを深々と15秒以上（ときには30秒も！）垂れる。世間という感情共同体はこれにより一時的に溜飲をさげ、メディアは次なる獲物を血眼《ちまなこ》でさがしはじめる。かくて悪しき政治権力は延命し、市場は活性化し、貧者と弱者は、貧者と弱者としてのみ存在をかつかつゆるされるのである。

こわれゆく者たち

ごくごくつきなみです、と若い友人はいった。父親ががんで、母親が認知症、子どもがうつ病。友人じしんも、軽いうつに不眠症。そんなの不幸のうちにはいらないくらいあたりまえ。どこにでも、はきすてるほどある話です……友人は自嘲するようにはなしてくれたものだ。かつては。最近はちがう。黒く高い壁にかこまれて、息づまるような日々がつづいているという。母の症状がすすみ、しばしば失禁するようになった。見当識がますますうすれて、施設の廊下でしゃがみこんでいたりする。病院や施設からの電話が怖い。

父はといえば、臓器のがんがある日とつぜん、脳に転移し、遷延性意識障害に。歩行、発声、摂食、排泄のほか、まばたきなど表情や身体動作による意思表現のすべてが不如意となり、経鼻栄養補給管をほどこされ、オムツをして寝たきりである。子どもは縊死未遂。かてくわえて、みんなでかわいがっていた犬が血を吐き、末期のがんで死んだ。〈悲劇の集中豪雨〉……わたしはいいかけたが、いわなかった。友人は気をはっている

二〇一八年

せいもあってか、これでも、ごくつきなみでなくても、きわめて特異な「物語」ともいえないでしょう、と涙目になりながらけんめいに平静をよそおう。

遠隔地の施設と病院に友人は足をはこび、よくなるあてのない両親をみまう。母はまれに雲間から晴れやかなひかりでもえたかのように、家族ぜんいんが元気だったころの想い出を楽しげにかたりだす。ひょっとしたら、「寛解」したのではないかとよろこんだ数日後には、しかし、ベッドからおちて骨折。それもあってか、母の失禁はひんぱんになったという。友人は落ちこみ、ますます厭世観をつのらせる。医師はくちぐせのようにいう。脳の病は「不可逆的」ですから。そういってかたづけることの酷薄と無意味と不条理について、医者はあまりにも鈍感だと友人はなげく。

友人はしだいに自他を、あるしゅ冷酷にかんさつするようになった。おやっと、おもわず聞きなおしたくなるようなことをいう。医療や介護の現場では、ことばと行為が背馳しあい、両者のこころの断裂やけばだち、ほころびは、とりかえしのつかないところにまできているのではないか。介護施設と病院がよいをつづける友人は、さらに痛々しい仮説をつづける。善き例外はいくらでもあるだろうけれども……とことわりつつ。

入所者・患者にたいする虐待問題がとりざたされているが、事態の深層はさかさまで、入所者・患者から〈虐待されている〉と感じている介護職員がじつは少なくないのではないか。介護者は、たれながしのにんげんを、排せつ物の飛沫と理不尽な罵声をあびつつ、手ずから介護しながらも、眼前のヒトを、犬ではなく、ヒトであるがゆえに（そして近親者であるがゆえに）、かえって無意識ににくみ、殺意さえいだくことがあるのではないか。ほんとうはそれがヒトの自然のなりゆきであるにもかかわらず、そして敷衍すれば、〈憎悪の沼〉の発生がヒト同士のかんけいの本質の一端ではないか……と内心うすうす気づいていながら、「善意」のたてまえから沼気《しょうき》の所在を否定しているのではないか。

積極的に生きているのでも、自主的に存在しているのでもない遷延性意識障害の父は、しかし、死者ではない。ひとこともことばを発しはしないけれども、膚につやがあり、ひとみが悲しげにうごくときがある。あきらかになにかをみている。のどぼとけがグリグリとうごく。足の指もぴくぴくと痙攣する。夢をみている。犬の死を耳もとでつたえたときは、表情がくしゃっとくずれ、ひとみがこころなしか潤んだという。〈おれをこれいじょう生かすな〉といっているようにもみえる。明白な死でも嬉々とした生でもない、宙づりの閾《いき》に静やかによこたわるひと。しかし、命を絶つはんだんが、だれに、ゆるされるのか。友人はポツリとつぶやいた。おろおろと生きるしかない。

処刑と「世間」

眩暈《めまい》がした。しばらくまえに13人の死刑囚が2回にわけて絞首刑にされたとき。どこかの全体主義国家か古代呪術社会のような蛮行がこの国で平然となされたことに仰天し、ふと気がつけば、処刑そのものへの反対論がほとんどなかったことに慄然としたのだ。厭悪《えんお》の情はずっと尾をひいている。ひさしく目をそむけていたニッポンというリアルな自己像と、むりやり対面させられて、ああ、いやな〝顔〟だな……と、つくづく感じさせられている。

死刑とは、人間の生体を、法の名のもとに強いて「死体化」することである。言いかえれば、死刑は国家による殺りくにほかならない。問題は、生体の「死体化」に人として生理的な嫌悪がともなわないかどうかだ。死刑を倫理的に厭うか否か……。これは共同体の性質にかかわる。嫌悪した諸国はEU（欧州連合）をはじめ百数十カ国が、死刑制度をとうに廃止するか死刑の執行を凍結するかしている。ニッポンという社会は死刑をおおむね厭わない。なぜなのか。

そもそもニッポンには社会があるか疑わしいのだ。西欧的な意味合いで社会というとき、「個人が前提となる。個人は譲り渡すことのできない尊厳をもっているとされており、その個人が集まって社会をつくるとみなされている」（阿部謹也『「世間」とはなにか』）。とすれば、この国には西欧的概念としての社会はないのであって、あるのは「非言語系の知」の集積たる「世間」なのである。この「世間」なるものがニッポンの死刑制度を強力に支えている。

1カ月で13人を一挙に縊《くび》り殺すというのは、しかし、あるしゅの〝ジェノサイド〟であり、どうかんがえても尋常ではない。当局はむろん、たとえそうしても政権支持率が下がらないと踏んだのだろう。どころか、大量処刑でかえって支持率は上がると読んだにちがいない。政府与党は、喧々ごうごうと論議する「社会」ではなく、非言語系の感情共同体「世間」をしっかりと味方につけているのである。注意すべきは、自民党権力が「世間」の勢いをかりてこれまで以上に暴走に暴走をかさねていることだ。

安保関連諸法、共謀罪などのごり押し、9条覆滅だけではない。首相以下政府要人が刑事被告人になってもおかしくない濃厚な疑惑をはねのけて政権にいすわり、いわゆる高度プロフェッショナル制度、カジノ法などの悪法をつぎつぎに可決したやり方はもはや独裁政権のやりかたとかわるところがない。にもかかわらず、内閣支持率は暴落せず、世論もマスメディアも怒り心頭に発しているふうはない。厭悪の情といわくいいがたい気味の悪さはそこに湧く。

社会ということばは輸入語であり、societyの訳語だった。個人も同様で、もともと日本語にはなく、Individualの訳語として19世紀後半にお目見えしている。社会や個人の概念がこの国に定着したかというと、阿部謹也氏によれば否だという。国家権力との緊張関係を前提とする社会や、その成員としてそれぞれことなった内面世界をもつ個人はこの国にはなじまなかったということだ。万葉以来千年にわたり時空間の暗黙の秩序をつかさどってきているのは、やはり非言語的（非論理的）価値体系でもある世間なのである。

こういってもよいだろう。ニッポンは社会と世間の二重構造によってなりたっている、と。社会は建前であり、世間が本音である。タテマエでは、人には生きる価値のあるものとそうではないものの区別はないと言いつつも、ホンネでは〈死すべきもの〉〈生きるべきもの〉の異同を暗々裡にみとめている。かくして死刑制度は世間によって強固に支持される。世間は天皇制、軍国主義、独裁政治、ファシズムとうまく調和しながら、それらを下支えしてきた。

吐き気をもよおすのは、絞首刑の執行を「祝祭」のようによろこぶ輩が増えていること。この国は危うい一線をこえつつある。

遠ざかる過去

二〇一八年

過去とはなんだろうか？　それは博物館の展示ケースのなかにあるのではなく、すでに起きたことの「想起」のプロセスそのものなのだ……アウグスティヌスら古人はそういう。過去はゴロリとどこかに鎮座している固形物なのではない。〈ふりかえる〉という、ひとにしてはじめてなしうる行為によって、過去を現在のステージにまねきだすということだ。ということは、過去のイメージは各人各様微妙にことなり、それゆえ、想起をだれかに委託したり代表させたりはできない相談なのである。

にもかかわらず、この国はこの夏、またも〈ふりかえり〉を天皇に委託し、過去と自己、過去と父祖らの関係を薄めに薄め、責任の所在のかんぜんな無化に〝成功〟しつつある。「さきの大戦において、かけがえのない命を失った数多くの人々とその遺族を思い、深い悲しみを新たにいたします」。戦没者追悼式におけるこの「お言葉」はなにを意味するのだろうか。天皇による想起は民衆のそれを代行しうるとでもいうのか。だとしたら、おかしい。ニッポンの奇妙さの根源はそこにある。

いくらボケても、わたしらは想起、回想くらいひとまかせにせず、じぶんのあたまでやるべきなのだ。じぶんのあたまでやるということは、「さきの大戦において、かけがえのない命を失った数多くの人々」にたいする最高責任（者）は那辺にあったかを、何回でも厳然と明らかにすることである。また失われた「かけがえのない命」には、自国民だけでなく中国や南方諸国のひとびとのそれがきわめて多数ふくまれる事実を具体的になぞることではないか。

一口に「2千万人のアジアの死者」といわれるすさまじい戦争犠牲者は、なぜ、どのような責任関係において生まれたのか――これを想起・検討するのは、〈過去をどうやって現在のステージにまねきだすか〉にかかわる、われわれの永遠の知的（倫理的）いとなみであるはずであった。ところが敗戦後73年の夏たるや、事態は大きく様変わりした。

なによりも、ニッポンをまるで戦争の被害者のようにえがく記事、番組が多かったこと。そして、1931年9月18日の「満州事変」勃発から45年8月15日のポツダム宣言受諾による日本の降伏までの、いわゆる15年戦争における昭和天皇の戦争責任にかんする議論がほとんどなかったことだ。45年2月に近衛文麿が敗戦を確信して天皇に上奏文をだし、戦争早期終結を決断するように求めたが、天皇は、もう一度敵をたたき、日本に有利な条件を作ってからの方がよいと判断、終戦を拒否したというのは議論の余地ない史実である。

このときに天皇と軍部が敗戦を受けいれていれば、少なくとも沖縄戦や広島・長崎への原爆投下はなかったはずだとかんがえるのは最低限の常識である。「満州事変」から中国への全面侵略、太平洋戦争、敗戦という全過程の現場にすべて立ちあって、いっかんして重要決定に参加してきた人物は、昭和天皇以外にいない。なぜこれらのことが現時点で想起されないのか、ナゾといえばナゾ、なんとなくわかるといえばわかるのである。

一方、平成の天皇が昭和天皇の戦争責任を自覚していることは、戦後70年にあたる2015年に「この機会に、満州事変に始まるこの戦争の歴史を十分に学び、今後の日本のあり方を考えていくことが、きわめて大切だと思っています」と発言していることからも明白だ。

であるなら、来春の「退位」を前に父天皇の戦争責任についてはっきりと言及したらよかろうに、とおもうけれども、そうはかんたんにいくまい。先の戦争におけるニッポンの加害性と途方もない侵略は昭和天皇と軍部の責任だけに尽きるのではない。煽ったメディアと煽られて狂奔した民衆……そこまで想起するには、現在のステージはあまりにも「反動的」にすぎるのだ。過去はますます遠ざかっている。

生きべくんば民衆とともに……

今は昔、3・11よりかなり前、東京は新宿のゴールデン街で飲んだくれていたころの話。夜半をすぎて朝ぼらけともなりぬれば、営業中の飲み屋も数少なく、開いているとしても、暗がりに顔貌と皺を融《と》かして、性別も年齢も定かならぬ〝娘〟たちが虎視眈々、酔客からぼったくろうとしているような店ばかり。ままよと飛びこんだバーには、果たせるかな、ジグモのような淑女がふたり、だみ声だしてしなだれかかってくる。うちひとりの発音が気になった。

「ねえ、一杯いだだいでもいいべが?」

貴女の故郷は、ひょっとしたらやつがれとおなじではないですか、と問えば、60がらみのかのじょ、さもうれしそうに笑い、往時としてはいと正しき方言で「イスノマギ（石巻）」と言う。やっぱり同郷！

「イスノマギのどごっしゃ（石巻のどこですか）？」と尋ねると、即座に「ヘピタ」と返してくるではないか。蛇田《へびた》のことをあえて「ヘピタ」と発音するのは生粋のネイティブ以外にありえない。で、当方ますます調子にのり蛇田出身の偉人の名前を口にすれば、かのじょ、得たりやおうとその偉人の座右の銘をなぞる。「生きべくんば民衆とともに、死すべくんば民衆のために」

ときにカラス群れ鳴く午前6時ごろ。わたしと蛇田生まれの老女は感激のハイタッチにハグに乾杯。偉人すなわち布施辰治（1880～1953年）のためにバンザイ三唱までしたのだった。といったって、きょうび布施辰治を知るひとは少なかろうから、若干のせつめいをする。布施は弁護士となった青年期からの熱心なトルストイアンで、その徹底した理想主義から、自分の弁護活動を「官権の人権蹂躙《じゅうりん》に泣く冤罪者」「財閥の横暴に悩む弱者」「筆禍舌禍の言論犯」「無産階級の社会運動の迫害」事件にかぎると宣言する。

宣言どおり布施は、植民地朝鮮・台湾の人びと、遊郭にしばられている娼婦ら、貧しい借地借家人、労働者、小作人たちの弁護に粉骨砕身。日本共産党への大弾圧「3・15事件」などの弁護もしたために、弁護士資格をはく奪され、39年には、治安維持法違反で懲役2年の刑を受ける。また韓国併合（1910年）に反対し、翌年には「朝鮮独立運動に敬意を表す」という一文で検察の取り調べを受ける。19年2月8日に起きた「独立宣言事件」では、11人の弁護を引き受けてもいる。

そのほか、二重橋爆弾事件、朴烈事件、朝鮮共産党事件などの弁護活動に奔走したかれだが、これらがどれほど身の危険をともなうものだったか、想像にかたくないどころではない。げんざいのふやけきった状況からは想像不可能といってもいい。事実上、布施は死を賭していたのだった。1923年、布施は「日韓の併合は、ドンナに表面の美名を飾って居ても、裏面の実際は、資本主義的帝国主義の侵略であったと思う」と共産党の雑誌で堂々と意見表明してもいる。

ため息がでる。朴烈事件で逮捕され、獄中死した朴烈の妻、金子文子の遺骨は、刑務所の敷地に埋められたのだが、布施は夜中に掘りだして遺骨を持ち帰り、後日、韓国にわたり、慶尚北道にねんごろに埋葬してもいる。大逆事件の犯人とされれば、日本では正式な墓地に葬ることができないことに義憤を感じての行動であった。だが、白状しなければならない。石巻に生まれそだったわたしは、布施辰治の名前ぐらいは知っていたが、そのすさまじい勇気についてはまったくの勉強不足であった。布施の偉業を教えてくれたのは、東京で記者生活をしていたころ、在日コリアンの友人たちだった。

ヘピタ出身の老女はいまどうしているだろうか。「生きべくんば民衆とともに、死すべくんば民衆のために」の文言を誇らしげに唱えたかのじょとその後の時間……。思想はなべて脱臼させられ、弱者支持は冷笑される。コリアンへのヘイトは衰えをみせていない。なぜなのか？

えっ、なにをコトホげというのか？

首相が言う。「天皇陛下の御退位と皇太子殿下の御即位が同時に行われるのは、光格天皇から仁孝《にんこう》天皇への皇位の継承以来、約200年ぶり、憲政史上初めてのことであり、我が国の歴史にとって極めて重要な節目となります」。ほう、シンゾウくん、だからどうしたというのかね。だいたい、光格さんも仁孝さんも、わたしゃ、さっぱり存じあげない。知る気もおきない。友人の親の認知症がすすみ、じぶんのウンコをこねたり、壁にぬたくったりするようになった。そちらのほうがよほど大変だ。

「関連する式典の準備に当たっては、このことに思いを致しながら天皇陛下の御退位と皇太子殿下の御即位を国民こぞって寿《ことほ》ぐことができるよう、政府として万全の準備を進めていかなければなりません」。このことってなんだろう。わからない。まさかウンコのことではあるまい。「歴史の重要な節目」か。だが、親がウンコをこねたり、それらを食器に入れたりするようになることが、「歴史の重要な節目」である家庭だってたくさんあるのだ。

「国民こぞって寿ぐ」ってなんだろうか。戦時下の「紀元二千六百年」（1940年）でも似たようなことを強制して、提灯行列だの国民祝賀大集会だのと大騒ぎをした。歌までつくって全国あげてコトホいだ。思いだしてぞっとしないのか。勢いづいて翌年は真珠湾攻撃・太平洋戦争開始。おびただしい死者、原爆投下、無条件降伏……。「国民こぞって寿ぐ」って、すごく怪しいのだ。

「天皇陛下御在位三十年記念式典の次第概要を決定しました。心のこもったお祝いの式典とするため、今後更に詳細を検討してまいりたい。立皇嗣《りっこうし》の礼については、立皇嗣宣明の儀と朝見の儀の挙行日を皇太子殿下が御即位された年の翌年、すなわち再来年の4月19日に決定した。文仁《ふみひと》親王殿下が皇嗣となられたことをお祝いするにふさわしい時期を選ぶことができたと考えています」。おいおい、あんた、いまはいつの時代なんだ？「朝見」って、臣下が参内して、天子に拝謁することじゃないか。明治に逆戻りかい？

ゴザイイだのゴタイイだのゴソクイだの、品のない凡夫の耳には、畏《かしこ》き辺りでいま流行の〃ラーゲ〃のことかとつい聞こえてしまう。にしても、いささか調子にのりすぎてはいないか。結婚するナントカの宮家のカントカさまに「一時金1億675万円」が支給されることが決まったとか。一時金は、皇族の身分を離れるさいに元皇族としての「品位」をたもつために税金から支給されるんだって。ウンチこねまわしの親をもつ友人の出費はかさみ、くわえて、その親が先日、転んで脚を骨折したこともあり、生活の疲弊はつのるばかり。いや、わたしだってうつ病プラスαの身内の医療費、生活費はかさむ一方なんだぜ。

こちとらも一時金を1億円もらって品位とやらをたもち、ゴソクイなどをこぞってコトホぎたいけれど、とてもじゃないがそんなお金はなし、そんな気になれるわけもない。それに、〈元皇族としての品位をたもつために支給される〉というロジックもおかしくはないか。われわれ元皇族ではない、いわゆる「醜《しこ》の御楯《みたて》」には、もともと品位がない。ゆえに品位をたもつための一時金も支給されない、か。禁中にはすべからくへりくだるべし、か。バカを言うな。

ずいぶん以前から、なにかがおかしくなっている。なにがとくにおかしいのかわからないくらい、まんべんなくおかしい。言語世界が日に日に収縮してきている。冗談もろくに言えない。起点はあった。つとに謀《たばか》りは練られていたのだった。7月の大量処刑！あれは今日をコトホぐための底暗い露払いだった。首相は内外に宣言すべきである。13人の絞首刑執行は、ゴタイイとゴソクイと新元号をコトホぎ、五輪と全体主義、軍国主義の時代を心新たに迎えるための、美しい国ニッポンの禊《みそ》ぎだったのだ、と。

二〇一九年

コスモスを見た

ミニバスが住宅街をゆっくりと走る。ゆくてに意外にも竹藪《たけやぶ》があった。竹林というほど豪壮ではないが、それでも竹の群れが場違いなほど勢いよく中天を刺している。藪の奥の、黒みのある緑が、消し忘れたあまりよくない記憶のようだ。藪から小さな影がさっと飛びだしてくる。黒猫だった。なにかをくわえているな。そうおもう。ネズミか小鳥か。たしかではない。まったくたしかではない。視界がかすんでいる。

住宅と住宅のあいだに畑がある。サトイモ畑ではないだろうか。おもう間にバスはとおりすぎる。葉のくぼみにビーズのような露がさかんにひかっていた。が、そうだろうか。それは実際には見ていない気もするのだ。遠い日に、ちがう場所で目にした葉の露を、いまにかさねて眩しがっているだけではないか。

リハビリ初日の帰り。施設の送迎用ミニバスの運転席のすぐ後ろにわたしはすわっていた。運転手は陽気によくしゃべった。添乗者の女性介護福祉士だけが相づちをうった。通所者たちはなにも話さなかった。わたしの隣の老人も押し黙っていた。通所者同士が話すということもなかった。不意にピンク色や赤紫の滲《にじ》みが見えた。じわりと目が染まる。動揺する。あれはたぶんコスモスだ。コスモスが空気に浮かんでいる。この世ではじめて目にした花のように、息をのむ。なぜだろう。

わたしはずっと揺らいでいた。気がふさいでいた。気圧《けお》されていた。竹にも猫にもサトイモにも露の照りかえしにも……。風景や生き物たちの倏忽《しゅっこつ》とした「たちあらわれ」と消失に圧倒されていた。ついていけないとおもった。ついていけないくせに、なにかを衒おうとしていた。せんだって介護福祉士にそっと訊ねられたっけ。「あの……失礼ですが、パンツは布ですか？　紙ですか？」

わたしは一瞬混乱し、うろたえたけれども、なんとか平静を装って前者である旨をつたえた。力まぬように発声に注意した。なぜ力まないようにつとめたか……おかしな心もちであった。問う側にとっては当然の確認事項であり、こちらは布か紙かを平然として答えればいいだけのはなしなのに、とても気にした。その気持ちのざわめきをうまくかくしおおせたか自信がない。

いまはいているパンツは布である、という答えは事実だが、厳密には正確ではない。ひょっとしたら布から紙おむつへの移行期かもしれないではないか。じぶんのなかのじぶんがささやいている。

〈おまえはこの期におよんでなにを気どろうとしているのだ?〉

わたしには失意と怒りが冬の海のうねりのようにおしよせてきていた。しかし失意の深みと怒りの対象をはっきりとさせようとはしていない。ありていに言えば、失意の深さは夜の海溝のようにかぎりがなく、怒りの的《まと》は、つきつめれば、ほかならぬじぶんなのだけれど、そうみとめようとはしていない。

いったんはあるていど克服した脳出血の後遺症が数カ月前から悪化しはじめた。中島敦の表現をかりれば「きわめて徐々に、しかし、きわめて確実に……」わるくなった。そしてついに自力であるくことがかなわなくなってしまった。杖もままならず、ひとの腕や肩につかまってあるく。

特養と老健の区別も知らなかったわたしが、老健のリハビリ施設にかよいはじめた。ひとつひとつがあまりにも新鮮である。送迎バスの窓からの眺め。通所者たちのまなざし。その弱さ。伏し目……たがいの視線の交叉と回避。かれらのなかにじぶんの似姿がある。わたしたちはもの言わぬ影のようにゆっくりとうごく。なにひとつ想い出をまとわぬものはない。なにひとつ。

施設の庭にも淡紅のコスモスが咲いていた。花びらが目のなかでゆらゆらと泳ぐ。目に花びらをあてがい、わたしはよろける。つよがる。これでいいとおもう。

西瓜のビーチボール

介護老人保健施設に通いはじめて1カ月、目も気持ちもずいぶん慣れてきた。これなら通所をつづけられるかもしれないと思う。送迎のミニバスがあり、添乗者が乗降と歩行をドア・トゥ・ドアでやさしく介助してくれるし、施設内でも、どやされたり、せかされたりしない。非難されたり皮肉を言われたりもせず、職員や介護福祉士、療法士たちの目もそうじてやさしい。

あたりまえといえばそうかもしれぬ。しかし、当方にはいつも驚きの感がぬけない。人間が人間にたいしここまでやさしくしていられるわけがない……といった猜疑心が去らない。だからか、リハビリのときなどベッドに転がされながら、かれらの目の色を下からこっそりと窺《うかが》う。むろん、怒気は毫《ごう》もない。心身の故障をかかえた老人たちへの軽侮の視線も、とりわけあからさまなそれは、ありはしない。疲れや倦怠の表情はたまさか浮かばなくもないが、こんなていどならよしとしなければなるまい。

施設にあっては他者の発見より、おのれを見なおすことのほうが多いかもしれない。

二〇一九年

総合着座体操というプログラムがあって、わたしのような通所者と諸症状のひかくてき重い車椅子の高齢入所者がいっしょになって着座したままラジオ体操などの運動をする。先日はラジオ体操のあと、西瓜の模様のビーチボールをつかい、女性指導員が意外なトレーニングをはじめた。なにかの童謡を口ずさみながらリズミカルに歩きまわり、ビーチボールを参加者に手わたして問う。「冷たいの反対はなーに？」。ビーチボールを持たされたおばあちゃんが嬉々として答える。「あったかい！」。「あたりい！」と指導員。

　わたしはドキドキする。西瓜のビーチボールがこちらに回ってくるのではないか。いや、まさかそんなことはあるまい、と自己内問答。まさか……の根拠には〈わたしは〝かれら〟とちがうのだから〉があった。思わずハッとする。このばあいの〝かれら〟は、かれらなんかという区別か差別のニュアンスが滲んでいたからだ。なんということだ！じぶんに舌打ちする。心がざわざわする。そんなときはえてして望まぬことがやってくる。西瓜のビーチボールがわたしの膝にのせられた。〈脳トレ質問〉がだされる。

「明るいの反対はなーに？」

　胸のなかに鉄の玉ができて、焼けるほど熱くなる。まっ赤になって胸のなかでゴロゴロ転がる。われながらたまげる。激怒しているのだ、わたしは。明るいという形容詞の反対はなにかとためらいもなく問うあなたは、わたしをかれらなんかといっしょにしているのだな。なんという無礼！　目が焔《ほむら》を噴いた。女性はそれを見てとったのであろう、あわててビーチボールをわたしの膝から隣の老女の膝に移動させ、こんどは気分をかえるように、ドンドンパンパンドンドンパンパンパーン……と歌いだす。

　わたしはじぶんの怒りのはげしさにたじろぐ。にしても、なぜこんなにも憤るのか？　おそらく、認知症と混同されたことだけではない。ここにかれらなんかといっしょにいること、そうせざるをえない心身の老い。それに焦っているじぶん。そして、どうしようもなく末枯《すが》れてゆくなりゆきをまだ諦観できないじぶんにいらだって、かれらなんかとじぶんを懸命に区別しようとし、同時に、他人にも区別してもらいたがったのである。目がうるんでくる。風景が掠れる。ドンドンパンパンドンドンパンパンパーン……。

「明るいの反対はなーに？」

　げっそりと頬のこけた隣の老女が身じろぐ。顔のなかの黒い穴みたいな目がわたしを見ているらしい。枯れ枝そのものの手をわたしにぱさぱさと振っている。ねえ、ねえ、あんた、お父さん……と囁きかけてくる。「お父さん、もう帰ろ……」。わたしはしわがれ声で応える。

「うん、うん、もう帰ろ……」

きれいな顔たち

思いちがいだろうか。きれいな顔の若者が増えたように思う。造作《ぞうさく》がゴツゴツと角ばっていない、細面で顔の小さな若者が多いみたいだ。眉目秀麗といいたいところだが、それとはちがう、どこか酷薄をにじませた容貌だ。ちょっと気になる。

昔は「下駄のような顔」などという露骨な形容があって、事実、実直そうな、エラのはった顔が少なくなかった。見目《みめ》はかならずしもよいとはいえないものの、存在の深みや渋みをそこはかとなく感じさせたものだ。

きれいな顔に感心する一方で、若い人の表情がこのところやけに幼くみえてしようがない。30をとうにすぎた青年の面差しが、どうかすると中学を卒業したてのようにペロリとしていて、あどけなく思えたりする。なぜそうなのかわからない。こちらがあまりに老けたせいなのか、時代がぜんたいに子どもっぽく、幼稚になっているのか、判然としない。

顔だけではない。若者の声質や言葉づかい、イントネーション、理屈の立て方、挙措のはしばしに子どもっぽさを感じるのはなぜか。それはまだしも、声のふところに真実味や切実さを見いだせない。ロジックが扁平で奥行きが感じられない。テンプレートのような文型、用語、お笑い芸人のようにわざとらしい笑いや所作……辟易する。

同い年の友人と会った。半世紀ぶりに。握手しあい、たがいに目を瞬《しばた》きながら、顔の皺の奥に思い出をさがす。記憶と昔の輪郭をかさねようとする。おたがい、ひどく老け、やつれているとはいえ、50年前の顔貌をみつけるのに苦労はいらなかった。不思議なものだ。殻でもはがれるように若い日の声、息遣い、まなざしが眼前に顕れてくる。

あたまのなかでなぞる。1960年代末。かれは吃音があった。それがいまもまだ残っているらしいことにわたしは感動し、なにがなし愛《いと》おしくも思った。もしかしたら、わたしを懐かしがらせ悦ばせるためにわざと吃音を装っているのではないかとも疑ったが、そうだとしても、それはそれで友情のようにも解することができる。

学生時代、かれはウィリアム・フォークナーを勉強していた。『サンクチュアリ』の原書をかかえたかれは、いっぱしの学者のような口のききかたをし、じっさい、実年齢よりもとても老けてみえた。かれにかぎらず他の学生も、いまの学生より容姿がゴツゴツとしていて、一回りも二回りも年長にみえたのはなぜなのだろう。

そのことに水をむけると「想い出はいたずらだからなあ……」とつぶやき、目を細めて微笑する。「誤想起」かもしれないというのだ。昔の若者はたしかに「意識の流れ」だの「内的独白」だのと、小難しい理屈を好んで議論したものだけれども、子どもっぽさにおいてはげんざいと大同小異じゃないのかな。

そうだろうか。わたしは低くうなり自問する。だいいち、あのころ集団的自衛権の行使は容認されてはいなかった。盗聴法はなかった。国旗国歌法もなかった。特定秘密保護法もなかった。共謀罪もなかった。多くの学生が日米安保、米軍基地を悪しきものととらえていた。なべて議論をいまのように冷笑しはしなかった。

思えば、平和憲法の基本を土台から変えた諸法がとおるまでに、すさまじい闘争が展開されたわけではない。権力はいくたびも暴走した。けれども、だれが身を挺して暴走をはばもうとしただろう。そのことにいま痛切な反省はない。

友人は学生時代のように口の端をゆがめて笑い、ぼそっと吐きすてる。「すべては変わった。いまね、『サンクチュアリ』と言えば、フォークナーじゃない。それとは縁もゆかりもない、何百万部も売り上げた漫画のことさ」。わたしは底意地わるく想像する。きれいな顔の若者は多いけれど、内面が〝低温やけど〟でただれているのではないか。

隣人を「ヨボ」と呼んだ過去といま

二〇一九年

思いすごしではないだろう。韓国や北朝鮮についてのこの国のニュースや論評に、いつからだろうか、軽侮というか侮慢《ぶまん》といおうか、いやな視線と口ぶりを感じるようになった。侮慢とは他を侮り、高慢な態度をしめすことだ。米国やロシアを相手にするときとはあきらかに異なる。したり顔の、しかもどこかやりなれた〝見くだし〟方である。どうも気になる。日本は１９１０年に朝鮮を併合し、ながく植民地支配下においてきた歴史を忘れているか、故意に忘れたふりをしているのではないか。

植民地統治とは具体的にどんなものだったか。それを知らずに日本と韓国・北朝鮮の関係を語るのは不可能である。日本語使用や神社参拝の強要などいわゆる「皇民化政策」の徹底が半島の人びとにどれほどの屈辱と感情的屈折をもたらしたか――を知ろうとすることなしに、「慰安婦」や徴用工問題の根底に暗くただよう不条理をあなぐるのも無理というものだ。つまり、相手方にあたえた傷の深さへの想像力が問われている。

その意味で、中島敦の短篇「巡査の居る風景――１９２３年の一つのスケッチ――」

は恰好のテキストである。主人公は朝鮮人巡査の趙教英。趙が京城（現在のソウル）の街角で目にした日常的風景と心象が、この短篇で歴史の消すに消せない〝傷痕〟として彫りこまれている。たとえば、路面電車で、座席にいる日本人の女と、吊革につかまっている朝鮮人青年が言いあいをしている。女は、親切に腰かけなさい、と言ってやったのに、青年が腹をたてていると怒る。青年は、女が呼びかけの言葉に使った「ヨボ」（「おい」、「お前」など、親しい間柄で用いられる呼びかけ語。植民地時代は侮蔑的な2人称として、日本人から朝鮮人に対して使われた）が納得できない。

女は、「ヨボ」ではなく、「ヨボさん」と呼んだのだ、と言い返す。彼女はなにが問題なのかわからない。趙は「何故自分が自分であることを恥じねばならないのだ」と苦悶し、朝鮮人が朝鮮人であることを恥じて、「他人」（日本人）であることを「光栄に思う」のはなぜなのかと自問する。皇民化政策のなかで朝鮮人は一個にして二重のアイデンティティを強いられ、擬製のアイデンティティ（日本人）がしばしば本源的自己存在を押しのけざるをえなかったのだった。そうしなければ〝不逞鮮人〟として危険な目に遭うから。

日本にわたった夫に死なれ、売春婦になった女性の話もでてくる。女性は夫が関東大震災（1923年）で「ポックリ」死んだとばかり思っていたが、朝鮮人虐殺の際に殺されたことを客から知らされ半狂乱になって街をかけまわり、道ゆく人びとに虐殺のことを知らせようとして警察に捕まってしまう。京城では朝鮮人虐殺事件は口外禁止とされていたためだ。趙は上司と言いあらそいになり、巡査の職を解雇されてしまう。その情景は次のように描かれる。

「薄い霧が低く這って居た。街燈の光が街路樹の枝を通して、縞になって鋪道に落ちた。『一体、どうしろと云うのだ』と、彼は濁った頭の奥で、何だか他人のことでも考える様に考えた」。このスケッチは作品冒頭の「甃石《しきいし》には凍った猫の死骸が牡蠣《カキ》のようにへばりついた」と冷たくかさなる。「巡査の居る風景」が一高の「校友会雑誌」に発表されたのは、いまから90年前、共産党員一斉検挙（4・16事件）のあった1929年である。

立場を大胆にうつしかえ、朝鮮人巡査の目から日本による植民地支配の細部とアイデンティティの相克を描いたのは、おどろくべきことに、まだ20歳の中島敦であった。ため息とともにかんがえる。20歳とは果たしてどういう青年でありうるか。現在と比較して、かつてはどんな若者でありえたのか。

中島の視力と筆力は群をぬいていた。日本と日本人を他との関係において相対化してみせたそれは、ひとつの奇蹟と呼んでもよい。今年5月、生誕110年となるかれは、いまは絶滅した「真の知識人」であった。

二〇一九年

けっ、しゃらくせえ！

いま、この社会の気流か気圧のようなものが急速に変わりつつあることを、どれだけの人びとが感じているだろうか。おそらく、わたしたちは備えなくてもよい悪しき耐性を長年かけておのずから身につけつつある。不快を当初は自覚していたのに、周りにあわせて感じないふりをし、そうするうちにも、不快になずみ、不快を口にしなくなり、いつの間にか快不快の境界もみえなくなってはいないか。

半世紀ほどまえに通信社に入社したてのころ、不思議な先輩記者が何人かいた。いまとなっては到底信じがたい話だが、ほとんど仕事をせずに会社のソファで花札をしているか、酒を呑んでいるか、だらしなく寝そべっているだけの記者。取材経費などの会計精算を一年以上ほったらかし、記事はといえば年に1本か2本書くか書かないかの先輩。下駄やゴム草履で、しかもガムをクチャクチャ噛みながら出社する男。エレベーターで部長や局長、いや社長と逢っても会釈さえしない先輩……。

どういうわけか、かれらは同僚に疎まれず、むしろひそかに愛されていたように思う。

時代と当時の美学のせいか、アリのようによくはたらき、羊のように従順な記者よりも、なににせよ反抗的な人間のほうが、褒められはしなくても、皆に一目置かれていた。

地方支局勤務を終え外信部員となったわたしは、ひとりの飲んだくれデスクを気にし、かれのほうもわたしを酔眼の端で静かにみていたふしがあった。ある夜、かれは酔って電車に轢かれて死んだ。事故か自殺かはわからない。背広のポケットに遺書はなく、小銭と質札が何枚か入っていただけだったという。口癖は「けっ、しゃらくせえ!」だったから、けたたましく警笛をならしてせまりくる電車を横目に、おなじ台詞を吐いたのではないかとわたしは想像したものだ。

さいきんなぜかかれのことをしきりに想いだす。麗々しい文飾《レトリック》やえらそうな説教をきらったかれは、飲み屋でギターをぽろぽろとひきながら、合間にボソッと言ったことがある。「おまえな、オリンピックと戦争と天皇には勝てねえんだよ……」。どんな意味か敷衍せず、ふたたびギターをつまびき歌謡曲をうたった。かれの歌にはおよそ力みというものがなく、あきらめきった声音にそぞろな哀調があった。

五輪と戦争と天皇……。それらの存在と〝運動〟と肥大のしかたにこの国のマスメディアが一度だってからだをはって異を唱えたことはない。かれはそう言いたかったのかもしれない。

ひとの話をそのときではなく、50年後にやっと理解するということだってある。五輪―戦争―天皇の内面的連関と「自明性の（暗黙の）強要」を、酔いどれた先輩はたぶん知っていた。いまはそう思う。自明性の強要とは、うすうす気づいていながら、しめしあわせたように気づかぬふりをすることだ。げんざいはどうだろうか。五輪―戦争―天皇に、一系列の凶事もしくは危うい陰画を予感する者は絶無にひとしいのではないか。

国連統計によると、ニッポンという国の「幸福度」は世界58位だそうだ。なにをもって「幸福」とするかは議論のあるところだが、この国に住まうということはあまりハッピーではないようだ。とりわけ、「社会の自由度」や「他者への寛大さ」は主要7カ国で最下位。くわえて、国際NGO団体「国境なき記者団」が発表した「報道の自由度」ランキングでも主要7カ国中、最下位どころか、全体主義国家なみの低位置にある。

わたしたちはいま、なにものかにあからさまに弾圧されているのではない。わたしたちの乏しい内面が、わたしたち自身を執拗に抑圧しているのだ。まるで真の不幸をのぞむかのように。連日のオリパラ・ご退位さわぎにわたしは無言で毒づく。けっ、しゃらくせえ！

クニのためにがんばります！

二〇一九年

画時代的とかエポック・メーキングとかいわれるできごとは、9・11同時多発テロなど驚天動地の事件をのぞけば、リアルタイムにそうと認識されることが案外に少ないものだ。ずいぶん時を経てから、そういえばあれは時代を画する現象だったのだと、回顧の過程で後知恵のように位置づけられることがしばしばである。実時間にあってはなにごとにつけ高をくくりがちなのだ。

テレビのニュース番組をみていたら、来年の五輪に出場予定の選手が目をキラキラさせて「ええ、クニのために一生懸命がんばります！」と、よどみなく話していた。はっと息をのみ、たじろぐ自分とテレビ画面の間の乖離が尋常ではないことに気づく。向こうは〝新時代〟を晴れがましく生きているのに、こちらは旧時代の暗がりにいじけて屈《こご》んでいると一瞬、思わされ、ややあって、いやそうだろうかと自問する。

わたしは「クニのために……」と言うことができない。なぜかはつきつめてかんがえたことがないが、「クニのためにがんばる」とは死んでも口にしないだろう。例外はいくらでもあろうけれど、わたしだけではなく、少なからぬ老人たちがこのフレーズをかたるのをみずからに禁じているはずだ。「禁句」とまではいえないにせよ、体内でなんらかの重い自制がはたらくと思われる。

戦争を直接に経験した人びとと、そのような人びとから教育をうけた世代が少なくなりつつある。「クニのためにがんばる」の文言がためらいなくかたられるのは、この文言が国家規模の動員・服従・奮闘の歴史をおびていると知らない者が絶対的に増えていることをものがたる。それだけではない。かつて、「クニのために……」の彼方には「死」が待っていたのだった。そうした過去に思いがおよばない若者が大多数をしめるようになったということでもある。

改元ときたるべき五輪は、人びとの心の在処を、まるですばらしい未来がやってくるとでもいうかのように、根拠もなく浮つかせている。これにくわえて、新旧天皇の退位と即位と関連の儀式が、直視すべき重大事を押しのけて最大級に報じられている。しかし、本来なされるべき議論は皆無にひとしい。

たとえば、天皇制とはなにか？　それはこの社会にとって必要欠くべからざるものか。天皇制がなければ社会は崩壊するとでもいうのか。平成の天皇は昭和天皇の戦争責任を公式に批判したか。天皇にはなぜ一般的な「人権」がないのか——等々。

しかし、先達らは昔時、堂々と天皇制の病理を論じたのであった。「象徴としての『天皇』は、或は、『神』として宗教的倫理の領域に高昇して価値の絶対的実体として超出し、或は又、温情に溢れた最大最高の『家父』として人間生活の情緒の世界に内在して、日常的親密をもって君臨する」——と述べた(『天皇制国家の支配原理』)のは藤田省三である。いうまでもなく、これは天皇を社会的頂点に戴き、かつ、天皇を人間精神の中核に内在させることの〝美点〟を強調したのではない。

逆である。天皇制という非論理的レジームの珍妙さと、にもかかわらず事実上神聖不可侵としてあがめたてまつることの、ファシズムにつうじる危険をかたっているのである。

それかあらぬか、新旧天皇のマスコミへの露出ぶりはこのところじつに激しいものがある。それは「日本国の象徴であり日本国民統合の象徴」と規定されるシンボリック・エンペラー・システムというより、(メディアと民衆にささえられ、政治権力者に利用される〝道具〟としての)新たな実質天皇制の顕現にも見える。

天皇賛歌と「クニのためにがんばる」発言の本質的危険と外見的他愛のなさは表裏をなしつつ、このクニが浮かれさわいで新たな水域に入りつつあることのあらわれなのではないのか。

消えゆく人びと

桜並木の脇に小さな円い駅前広場があって、そこを見わたせるカフェの、窓際の席が心を落ち着かせる。もう6、7年は通っているだろうか。着席すると気分がだんだん茫々としてきて、過去と現在の境目がかすみ、時相があいまいになる。万朶《まんだ》の桜か葉桜かのちがいはあれ、なにもとくに変わってはいないとも思う。同時に、この世は「三日見ぬ間の桜」だなと感じ、ぎょっとしたりする。

去年まではよく見かけた人びとがポツリポツリと消えていった。両手に大きな荷物をぶらさげた、中年とおぼしいおおがらの婦人。夏でも黒い手袋をしていた。荷物は寝具でも入っているのかと察せられるほどふくらんでいた。彼女は桜並木をゆっくりとどこからか歩いてきて、夕まぐれになるときまってカフェのまえでたたずむのだが、けっして店に入りはしない。

仔細はわからない。だれも知ろうとしてはいない。なぜあんなに大きく重そうな荷物をふたつも持っているのか。どこに、なにをしに行こうというのか。身よりはないのか。

だれも問わない。わたしも問うたことがない。仮にカフェに入ろうとしたら、店側は歓迎するのか、入店を拒否するのか。おそらく、やんわりと断るのだろう。

桜並木が鉄骨のオブジェのようになった昨冬だったが、彼女は薄闇に融けるように荷物ごと消えた。出現したときとおなじく、消失もまったく話題になりはしなかった。そういえば、消えた彼女の手袋はいわゆる「指なし」だった。なぜ「指なし」手袋だったのか、そんなことは少しも大事な問題ではないことを知っているくせに、わたしはわざとこだわろうとする。より本質的で哀しいことから目をそむけようとしたのだった。

婦人は「行《ゆ》き方《がた》知れず」だったのではないのか。どこか〈よりよいところ〉をめざして家出し、とぼとぼと桜並木を歩く。しかし、到着地点はいつも円い駅前広場。それをくりかえすうち、いつか疲れはてて「行旅死亡人《こうりょしぼうにん》」(いわゆる「行き倒れ」)となってしまったのだろうか。

「行旅病人及行旅死亡人取扱法」によれば、行き倒れ者の遺体は地方自治体が火葬、遺骨を保存し、官報の公告で引きとり手を待つ。費用は、遺留品のなかに現金や有価証券があればそれを充てる。もしも遺留金銭で足りなければ、行旅死亡人が発見された場所の市町村がたてかえる。相続人が判明した場合、相続人に市町村費から支出した費用の弁償を請求する——などときまっているのだそうだ。

諸事万端はあらかじめきまっている。しかし、なにか得心がいかない。黒い穴がぽかりとあいたままである。その穴には、行旅死亡人という存在と非在にまつわるいい知れない「寂しさ」が埋まっている。指なし手袋の婦人についてわたしはなにも知らない。声も知らない。じつのところ、面立ちも、よく知りはしない。彼女が顔を隠したからだろうか。ちがう。わたしは正視しようとしなかったのだった。

そういえば、視線がきょろきょろと定まらぬ元自衛官を自称する男も、いつのまにか広場から消えた。彼は広場にくる若い男たちをカフェに誘い入れては、カンボジアやモザンビーク、東チモール、スーダン、コンゴなどに〝行ったとき〟の話を得意気にしゃべっていた。嘘かほんとうかはわからない。「手当はいいいし、食事もわるくない。日本製の蚊よけスプレーをもっていくんだ……」

いつも迷彩柄の帽子をかぶっていた。その帽子を「マルテン帽子」と呼ぶことを盗み聞きで知った。ゴム草履を履いた白髪の老婆もどこかへ消えた。無宿人ふうなのだが、いつもイチゴ味のかき氷の香りを仄かにただよわせていた。もう逢えまい。すべては儚《はかな》い影だったのだろうか。

老いと怒り

じぶんが老いる、または老いたということを、知っているつもりで知らなかった。たぶん、老いとは主観と身体の無自覚的な乖離にはじまる。主観と身体のどちらが厄介かわかったものではない。どちらかがどちらかを勝手に追いこすのである。あるいは、どちらかがどちらかに置いてけぼりにされる。主観とその持ち主である肉体がほどよく統合されている、つまり、意識がおのれの骨肉のありようを正しく認識することなどまずない。

意識は身体より過剰に若いか、その逆かなのであろう。

主として高齢者のあつまるリハビリ施設に通いはじめて7カ月、意識と身体の〝ズレ〟についで前よりずいぶん気にするようになった。ひとりでいるときにははっきりとみえなかったじぶんの肉体の衰萎が、他の老人たちの形《なり》を熟視することで否応なく知らされるからだ。わたしの場合、意識がやはり自己身体の実情をとらえきれずに、実年齢よりマイナス20歳ほどになって老体をひきずって浮游している……ように思われる。

二〇一九年

先日は身長測定があった。かつてわたしは173センチあった。そのつもりで測定台に立つと168センチであると職員に笑顔で告げられる。そんなはずがないと背筋と首をことさらのばして再測定してもらうと、やはり168センチ。わたしの身体が衰耗し衰微していること、すなわち、すりへっていることを数字で突きつけられたかっこうである。そこで「経年劣化」ということばがうかび、動揺をおさえて苦笑した。

意識は依然、（少なくとも表面は）強気である。しかし、内心はうろたえている。主観と客観のギャップをどうとりつくろえばいいのか。老いるという避けがたい変化と事実をどのようにひきうけるべきか。いまさら悪びれないにしても、静謐な心もちになるにはどうしたらよいか、それをどうやって保てばよいのだろう。リハビリ施設の老人たちをあらためてみわたす。

大スクリーンのある奥の区画で、車椅子の老人たちが童謡をうたっている。そうしながら、若い職員にうながされて両腕を上にのばしたり、手のひらを開いたり閉じたりしている。「もしもし　かめよ　かめさんよ　せかいのうちに　おまえほど　あゆみののろい　のろわない　どうして　そんなにのろいのか」――。わたしは海底の声のように揺らぐ合唱を聞くともなく聞いている。古い細い杭のようなものたちが歌をうたっている。耳が遠くなったか、おかしいといえば、なにかがおかしい。だが、その場ではとくにおかしいとも思わない。

とりたてて哀しいとも感じない。古く細い杭……痩せ細った骨のようなものたちのなかに、いつしか、わたしもいる。あがらぬ腕で万歳のようなことをしたり、周りにあわせて力なくうたったり笑ったりしている。「あゆみの　のろい　のろわない　どうしてそんなに　のろいのか」の、いったいどこがいけないというのだ。世界中の理不尽にくらべて、「のろいのか」ことのなにが問題なのか。わたしは半ば捨て鉢になって、「のろわない」に「呪わない」の漢字をあててみる。そうして、〈なぜ呪わないのか〉と、じぶんに梢突いたりする。

正直にいったほうがいいだろう。じつのところ、ここには底なしの気鬱がある。ぶ厚いヘドロのような憂鬱。老人たちはどうふるまえばよいのかわからないのだ。だから、自己をあまりにも明るく演じたり、過剰に暗いヘドロの闇に身を投じたりする。いたしかたがないのである。「ここ」と書いたけれども、底なしの気鬱のないところがいま、どこにあるだろうか。世界の実相は気鬱にみちている。それなのに、老いも若きも総理大臣もそうではないふりをしている。

おそらく老いは大した問題ではない。気鬱をはらうには怒り狂うより他にはない。狂気といわれようが、怒気をあらわにしてなに悪かろう。なにごとも呪わない、あいまいな笑顔の仮面はもう外したほうがいい。いまは怒るべき時だ。

「気象通報」の夢幻

よほどの必要でもなければ、新聞を読まずテレビもみないわたしは、いま世の中でなにがおきていて、世界がこの先どうなるか、なにが流行しているかについて、ほとんど知らない。それで困るということもないのは、一朝事あるときには、耳目をかたく閉ざしていても、蓋をこじあけるようにして雑多な情報がなだれこんでくるからだ。

そのような情報の洪水に身をさらすのを、この世の流行をきらうように、わたしは好まないから背をむける。むろん、ときには外界と齟齬というか、いきちがいというか……〝ズレ〟をきたさぬでもない。たとえば、「反社会的勢力」というのを、このクニの政治権力とその信奉者たちと誤解していたり（当方の辞書に照らせばあながち曲解ともいえないが）もするけれど、まあ、どうということはない。

一方でいわゆるマイブームは不可思議としか言いようのないふとしたきっかけで、小さな灯のようにわたしのなかの暗がりを照らしつづける。詳述はしないが、『母の前で』と題されたピエール・パシェの一冊（岩波書店　根本美作子＝訳）ほど最近のわたしを虜《とりこ》にした文章はない。百歳をこえた母を施設にみまうパシェの思念と筆致は、ひとと言葉の無情な乖離と奇蹟的一致を捉えていっそスリリングでさえあった。

「みな、ここで、待っている。……生まれてきたという厄介さという謎の中に、どうしても再び投げ込まれなくてはならないかのようだ」。飾りも衒いもない記述に、だからこそありていな深淵をみてふるえた。だが、『母の前で』が大ヒットしたという話は聞かない。パシェの母の部屋のように寂寞は保たれている。そのことに、わたしは孤立のさびしみとすがしさの両方を感じて、かえって落ちつく。

もう一つのマイブームは、加部洋祐の歌集『亞天使』（北冬舎）である。

二十一世紀一般市民が生殖器撫で合ふ図をも愛と呼ぶかな
自瀆者と自瀆者の交す握手より昇り来ぬもう一つの地球
にはとりの首垂直に燃え上がる手淫の他は凍れ、星座も

１９８０年生まれの加部の歌は繰り返し読んでいるが、そのたびに驚かされる。時代

とひとの壊落の深みをみとおす目のたしかさは、ときにこちらが狼狽するほどだ。その歌は暗愁と呼ぶには厳然としてラディカルであり、それでいてどこか懐かしい暗香がただよう。この『亜天使』も、大いに売れたということではないようだ。ひとり部屋にこもり、みてはならぬとされるものを盗みみる気分を格別の悦びとするわたしには、売れようと売れまいと、加部の歌は得がたい救いなのである。

もう一つ、密やかな楽しみは、NHKラジオ第2の気象通報を聞くともなく聞いて昼寝すること。必死で聴くわけではなくぼんやりと聞きながすのである。

「気象庁予報部発表の7月19日正午の気象通報です。
ポロナイスク　東の風　風力　1　にわか雨　1000ヘクトパスカル　10度…セベロクリリスク　南東　風力　2　くもり　15ヘクトパスカル　7度…ルドナヤプリスタニ東　風力　2　晴れ　01ヘクトパスカル　13度…ウルルン島　南東　風力　1　晴れ08ヘクトパスカル　23度…モッポ　北北西　風力　2　晴れ　11ヘクトパスカル　22度…」

どうしてだろう、アナウンサーの声がこよなくゆったりとしている。行ったこともみたこともないポロナイスクやセベロクリリスクの青鈍《あおにび》や薄い藍色の天空を思いうかべる。雲にまどろむ。ウルルン島の風に瞼《まぶた》をなでられる。

カフカと中島敦

このクニで最初にフランツ・カフカ（1883〜1924年）を読んだのは誰か、いつのことか？　そんなことはどうでもよろしい、と言えばそうだ。あの頼りない竹紙《ちくし》（竹の内側の薄皮）を初めて食った人間は誰かと問答するくらい、つまらない話かもしれないけれども、日常の奥にひそむ存在の不条理について、初めてカフカの作品に自己をかさねて思いをめぐらせた人物がいたとしたら、誰かを知りたくならぬでもない。

森敦が日野啓三に語ったところによれば、カフカを最初に読んだ日本の文学者は、中島敦（1909〜1942年）であろうという。ほんとうにそうなのか確かめようがないけれども、信頼できる資料には、中島は1933（昭和8）年、25歳のときに英訳本でカフカを読んだとある。30年代といえば、柳条湖事件、満州事変、盧溝橋事件、日中戦争と歴史が奈落へと突き進んだ時期である。

カフカ最初の日本語訳が出版されたのは1940年で、本野亨一訳の『審判』であったが、話題になるどころか、10冊も売れなかったといわれる。『審判』邦訳の翌年は真珠湾攻撃。かつて見たこともない太平洋戦争のスペクタクルに日本中が歓喜し酔いしれたと思う間に、敗戦に次ぐ敗戦で激しく落胆させられ、人びとは暗黒の運命を歩むことになる。

凄まじい読書家であった中島敦は『審判』の邦訳がでるずいぶんまえにカフカの作品を読んでいたことになる。それにしてもなんという慧眼であろうか。後にプルーストらとともに20世紀最高の作家と誰もがみとめることとなる作家を、これっぽっちも話題になっていない段階で味読し、ひとり面白がるとは、伊達や酔狂でできることではない。

中島敦は、さて、カフカ作品のなにを読んだのか。多くを読破した形跡があるが、中島の「狼疾記」では、とくに中篇小説の「窖《あな》」（後年の邦訳では「巣穴」。原題はDer Bau）に言及している。主人公の「俺」はモグラかイタチか、「とにかくそういう類のもの」。それが、ありったけの知恵を絞って敵に襲われないような棲処《すみか》をつくる。しかし、何者かに侵入されはしないかという不安は尽きない。「俺」は巣穴の外にでて、出口でもあり入り口でもある玄関をチェックしたりするが、いっかな安心できない。「俺」は次第に、外敵からわが身を守るという役割を単穴が十全に果たしているか悩みはじめ、同時に、自分が不在の巣穴を監視することの意味に戸惑いもする。

カフカの「巣穴」が提示する存在の不安と孤独について中島は記している。

「想像され得る限りのあらゆる敵や災害に対して細心周到な注意が払われ安全が計られるのだが、しかもなお常に小心翼々として防備の不完全を惧《おそ》れていなければならない。殊に俺を取囲む大きな『未知』の恐ろしさと、その前に立つ時の俺自身の無力さとが、俺を絶えざる脅迫観念に陥らせる」――「狼疾記」

中島は「巣穴」がしつらえる無限のメタファーに注目したのだろう。「外」とはなにか。「内」とはなにか。「境界」とはなにか……。「未知」としか名づけようのない敵の正体とは？

「巣穴」は「国家」や「家」あるいは絶えず怯える個々人の内面を暗示しているという説もある。そうかもしれない。「防備の不完全を惧れ」るあまり、「宇宙軍」（Space army）なる途方もない軍備を創設しようという動きは、人類の進歩でもなんでもない、カフカ的妄想の延長線上にある「退歩」とも言える。

カフカは現前する状況について「真のリアリティとはつねに非リアリスティックである」という趣旨のことを記したことがある。一見、〝非戦争〟的に見える現在も、その伝では「第三次世界大戦」への途次にあるのかもしれない。

そう言えば、ことしは天才・中島敦生誕110年である。

「八紘一宇」と「民主主義」

子どものころ、昭和天皇の誕生日に学校でジャムパンとリンゴをもらい、とても喜んだ記憶がある。ジャムパンは特別のごちそうであり、ふだんはコッペパンと脱脂粉乳だった。むろん戦後の話だが、学校は休みではなく、朝礼で日の丸を掲揚し、君が代を斉唱し、校長先生の講話を校庭に総員起立して聞いた。

そのような呼び名は公式には改称されていたはずだが、父たちはその日を戦前戦中とおなじく「天長節」と呼び、家の前に日の丸をたてて厳粛な面もちで旗の揺らぎを見つめたりしていた。みな貧しく、洟《はな》をたらしていた。軍隊がえりの父親や教員が多かったからだろう、あちこちでビンタを張る音がしていた。

そのころには不思議とも思わなかったのだが、長ずるにおよび、そしていまもなお不思議でならないのが、このクニの人びとの〝天皇好き〟である。侵略戦争に勝っても負けても、南方諸島で幾万もの将兵が玉砕しようとも、空襲で首都が焦土と化し、広島、長崎に原爆を落とされようとも、人びとの大元帥陛下＝天皇崇拝はおおむね変わりはしなかった。

ジョン・ダワーの『敗北を抱きしめて』（三浦陽一・高杉忠明＝訳　岩波書店）に敗戦後のニッポンを嗤うコントが紹介されている。紙不足があまりにも深刻で、人びとは戦時中の「八紘一宇」のプラカードの裏をつかって「民主主義」のポスターを作っていると。「八紘一宇」からデモクラシーへのインチキな変身には、しかし、凝視してみればハッとさせられる実相が浮かびでる。

人びとはじつのところ、「八紘一宇」にもデモクラシーにもさして執心してはいなかったのであり、思念の底と情緒の核には常に天皇があったのではないか、ということだ。ステッカーの裏と表に何が書かれていたかはこの際、問題ではない。「民主主義」が「八紘一宇」に反転し、逆に後者がめくりかえされて前者になる〝マジック〟はありえた。しかし、天皇および天皇制の「無化」と根本的な改変だけは、そうした欲求をふくめて、断じてなかったのだ。

なぜなのだろうか？　本音を言えば、よくわからない。前世紀から幾十年もおりにふれて考えてみたけれども、わたしは自分をじゅうぶん納得させるだけの理屈をもちあわせていない。ただ、次の文言だけが胸を苦々しく浮き沈みする。「戦後民主主義派知識人が親天皇に回帰していく条件は、彼らの多数が反天皇制を唱えていたころ、すでに準備されていたのだ」（伊藤晃『「国民の天皇」論の系譜——象徴天皇制への道』社会評論社）

こうは言えまいか。戦後民主主義は天皇制とまったく戦わずして、天皇制に負けたのだと。いや、戦後民主主義は一度でも天皇制を本気で敵視したことはない。日本国憲法の第1章のタイトルは「天皇」であり、初っ端の第1条〔天皇の地位・国民主権〕には、「天皇は、日本国の象徴であり日本国民統合の象徴であつて、この地位は、主権の存する日本国民の総意に基く」とある。したがって、ニッポンの政体は「象徴天皇制」下の議会制民主主義というけれど、いまや〝象徴〟などという控えめな機能ではなくして実質天皇制が復活しているように見えてならない。

ところで、国会は新天皇即位を言祝《ことほ》ぐ「賀詞」を全会一致で議決した。ということは、平成の天皇代替わりの際の「賀詞」には反対した共産党も、今回は賛成したわけである。静かに、だが大きく、歴史が変わりつつある。来年の五輪を前に徐々に明らかになってきているのは、政治権力の露骨な天皇（制）利用とそれへの無批判である。

このクニには昔時より奇妙な幻想が綿々とつづいている。すなわち、天皇夫妻はどこにも瑕疵《かし》も悪意もない、ひたぶるに美しいニッポンの善と仁慈の顕現なのであるという、そうであれかしという非人間的な願望とない交ぜになった共同幻想。それが、あるべき争論と闘争のバネを弱め、ニッポンの夜郎自大を今後とも肥大させていくのではないだろうか。

閧《とき》

火曜日は老人リハビリ施設にいる。わたしはいつもどおり自転車とボート漕ぎを組みあわせた筋肉強化マシーン（ニューステップ）をやった。無言で。負荷7で15分。麻痺のある右肩、右腕、右脚が、鉛でも流しこまれたように重い。よくはならない。なにも変わらない。老人と職員と療法士ら60人ほどが大フロアにいる。奥のテーブル席には主として車椅子の老人たちがむっつりと座っている。認知症とおぼしい人、そうなりつつある老人たちが海底の藻草のようにいる。

本人が施設にいたくているのではない。「通所者」や「利用者さん」と呼ばれる老人の多くは、家人がここに行くように勧めるか、送迎のミニバスに乗るべくしむけられて、ここにいる。家人は心身が黄昏《たそが》れる一方の老婆や老爺の不在時に、やっと息をつくのだろう。大フロアには大画面テレビが2台ある。NHKがかかっている。ないしはリハビリ体操のDVD。茫々とそれを見るともなく見る。視線は往々、画面をこえて霞む地平をあてどなくさまよう。

よく訓練されているのか、職員も療法士たちもとてもやさしい。声が尖るということがまずない。おしめをした意思疎通のかんたんではない老人を抱きかかえて、耳もとにやわらかな声をかける。「××さん、リハビリやりましょうね」「○○さん、今日は何曜日ですか?」「腰の具合はいかがですか?」。とってつけたようなやさしさではなく、真《しん》率《そつ》なそれである。こちらも心もちがやわらぐ。疲労の底にただよう悪意や猜疑心がほぐされて消えていく。

日にちをよく忘れるようになった。年と月はわかっているが、日にちは意識していないと1日、2日ずれてしまうことがある。杖をついてフロアを移動するときは、時計やカレンダーにちかよって、数字をじっと眺める。時間と日にちの確認にどれほどの意味があるだろう。暦がそんなにだいじなことか。暦なんてだれが決めたのか。なぜ暦にしたがわないといけないのか。うすぼんやりと反発する。

老いるというのは、時を失うことなのだろうか。ヤスリで削られるように徐々に、しかし、まちがいなく減ってゆく時間。若い女性の理学療法士によるストレッチ運動がはじまる。わたしは低い台にあおむけになる。そうすると、なぜかきまって耳が遠くなる。理学療法士はなにかわたしに話しかけているようだ。よく聞きとれない。わたしは聞こえてい水中か厚い膜ごしのように音が撓《たわ》み、声が遠方の囁きに似てとらえがたくなる。理学療法士はなにかわたしに話しかけているようだ。よく聞きとれない。わたしは聞こえているふりをして、「は、はい…」と応答のような声をあおむいたままだす。壊れた噴水を思う。

彼女は逆らわない。会話の食いちがいをあえて正そうとはしない。わたしは右腕を挙げさせられる。よく挙がらない。肘が「く」の字になったまま。療法士はぜったいに無理をさせない。「く」は直線にならない。腕の次に、首のつけ根を揉んでいる。毎日毎日、尽《すが》れた人の躰に触れ、揉みほぐし、起ちあがらせ、歩行をたすける。そのくりかえし。わたしにはできない。他者のためになるということができなかった。できないまま、むざむざ老いた。

ストレッチが終わり、わたしは運動靴を履いて起ちあがった。そのとき、フロアの奥で〝鬨の声〟があがった。そうとしか思えなかった。車椅子の老人たちだ。どうしたのか？　ストレッチ後の躰がたちまち緊張でこわばる。老人たちを見やる。みな着座したまま両腕を挙げている。片手しかあげられない者も精いっぱい片手を天井にむけている。

「バンザイ、バンザーイ!」。職員が音頭をとっていた。普段とはちがう張りのある声。厚みのある声量。「バンザイ」の声は少しも尽れてなんかいなかった。むしろ野卑なほど。

そういえば、その日は新天皇即位のバンザイの日だったのだ。職員と目が合う。われしらず気色ばんでいたのだろう。職員はややひるんだ表情になっていた。フロアに吹くはずのない寒風が吹いた。

二〇二〇年

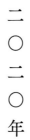

犬

脳出血で倒れてからもう15年になる。2カ月ほどの入院生活が明けたと思ったら、おなかの方はがんだといわれてまた入院、手術。やれやれとため息をついて間もなく、別のがんが見つかって、ふたたび入院、1カ月の放射線治療。その後も検査だのリハビリだのと病院とはさっぱり縁が切れない。いや、なに、苦労自慢をしたいわけではない。犬の話をしたいのである。

15年のうち、10年は小さな雌犬と寝起きをともにしている。生後3カ月でわたしと暮らしはじめてから、正確には10年と10カ月。その間、仕事でやむをえず彼女と離れたのは3日か4日だけ。つまり犬はわたしの影、もしくは、わたしは犬の影といった、常住あって当たり前の関係である。と言えば、「形影相弔《あいとむら》う」といった孤独でうら寂しいだけの生活みたいだが、実情はそうでもない。

わたしはのべつ声にだして犬に話しかけている。むろん犬は言葉ではなにも答えはしない。じっとこちらの目をうかがっているだけ。返答がなくても、とくに困りはしない。

彼女の反射的気配というのか、顔の翳り、目のかがやき、尻尾の立てぐあいで、おのずと諾否や関心と無関心のほどがつたわってくるから。

しかし、戦慄すべき疑問が10年たっても解けないでいる。犬とはこんなにうまくやっていけるのに、人間とはなぜ容易に協調できないのだろうか——こう訝ると同時に、これがひどい愚問であることもとくと承知している。わたしと犬は支配と隷従の関係にあり、この関係性は絶対で、逆転することはありえないからだ。にしても…と、わたしは口ごもる。

脳出血後遺症の不自由なからだをひきずって、毎日、犬の食事を準備する。終われば、うまかったか、ドックフードに飽きてはいないか、問うたりする。ベランダに落ちている糞をひろってトイレに流す。天皇の即位式典やパレードの大騒ぎについて、なにかおかしくはないか、狂っちゃいないか、犬に所懐を質《ただ》す。答えを強いているわけではないよ。そう付言しつつ。犬はむろん応じはしない。

思えば、犬は10年以上無言なのである。なにやら喉から唸り声をあげたり、悦びの吠え声をだしたりはするが、わたしに皮肉を言ったり非難したりしたことはない。当たり前と言えば当たり前。犬は話さないのだから。だが、わたしは内心、この犬と毎日かなり曲折のある物語を紡いでいると思っている。

二〇二〇年

わたしは彼女にひたすら話しかける。犬は首を傾げたり、あくびをしたりしつつも、ともかくもわたしの訴えやグチに耳をかす。ときには小説の話もする。ガルシア・マルケスの「青い犬の目」やブッツァーティの「神を見た犬」のこと。中島敦の「牛人」のこと。彼女はいやがらない。わたしの腕に顎をのせて、まどろみながら聞いていたりする。こうなると支配と隷従の関係なんかではない。

笑われるかもしれないが、彼女はわたしよりもよほど〝大人〟だ。気まぐれに話しかけるわたしは、まるでやんちゃな〝子ども〟である。犬はわたしという実体だけでなく、その身勝手で無軌道な発言を受容し、彼女の「環世界」のなかに当然のように引き受け、やわらかに包容してしまう。食事が遅くなっても抗議しない。ひたすら待つ。わたしという老いたパートナーを変えて事態をよくしようなどとしない。

彼女はスマートフォンをもたない。テレビを見ない。ヴァラエティショーを見て空疎な笑いを笑ったりしない。新聞を読まない。浅薄な記事にいちいち怒ったりしない。選挙に行かない。なにも考えていないということではない。目の色があまりにも深い。ときどき苦行者のような顔をしている。はっきりしていることがある。わたしが死んだら犬は悲しみ、犬が死んだらわたしは途方に暮れるだろう。わたしたちはいま、たがいの時を生きている。

第3次世界大戦

会う人ごとに訊ねている。世界はこれからどうなるのだろう？　知り合いの新聞記者がこともなげに言った。「戦争でしょうね…」。でしょうねの声音《こわね》に緊張はなく、明日は雨でしょうねと語るのと大差ない。老いた友人にも問うたが、ため息交じりの答えは「戦争かね…やはり」。

大恐慌と言う者もいた。未曾有の大地震を予想する友人も。だれも「希望」や「平和」や「幸福」を語らない。戦争を予感する向きがいちばん多いのだけれど、その根拠を説くわけではない。さりとて「戦争反対」を熱っぽく弁じるのでもない。闇夜に、肉の削げ落ちた骨だけの手で背中を押されているような、いやな感じ。

戦争というからには超弩級に大がかりなことなのだから、はっきりとした前兆があるだろうに、これがそうなのだと指し示すのは容易でない。いったい、これまでの戦争はその前段から「これは戦争である」と感取されてきたものか。あの「15年戦争」はむろん当初からそう自覚されていたわけではない。

二〇二〇年

足かけ15年にわたる日本の対外戦争は、最初から戦争と位置づけられていたのではなかった。「15年戦争」はあくまでも事後の呼称であり、満洲事変―日中戦争―太平洋戦争という怒濤の全貌を予想し見通していた者は戦争指導部にもいなかったのだ。さて、幾多の戦争と革命を経験した20世紀までに人類社会はなにを学んだのか。

なにも学習しなかったか、あるいは〈人間集団のあるかぎり戦争は免れない〉という絶望を体得しただけなのか。ミッテラン仏大統領の特別補佐官を務めたことがある経済学者ジャック・アタリは自著『2030年――ジャック・アタリの未来予測』のなかで「20世紀に2度起きた世界大戦が再び勃発する恐れがある」と予言している。

この本には「憤懣が世界を覆い尽くす」「九九%が激怒する」といった煽情的見だしが躍り、要すれば、すでにキレやすくなった世界が新たな「世界戦争」へと突き進みつつあることが語られる。最終章は「明るい未来」とされ「憤懣を怒りではなく、利他主義へと誘導する」ことが〝提唱〟されるが、とってつけた感が否めない。ジョージ・オーウェルの『一九八四年』のような深みは、むろん望むべくもないけれども、『2030年』はなにしろ戦争といっても核戦争の世界である。まさかと訝る一方で、今後「どんなことだって起こりうる」というアタリのご託宣は一応傾聴せざるをえない。それどころか、北朝鮮の脅威に対抗して日本も韓国も核開発をすすめるという予言は現在進行形とも読める。

戦争抑止システムのかつてない弱体化も、思えば戦慄すべき段階にきている。米国は2019年2月に「中距離核戦力全廃条約」（INF条約）の破棄をロシアに通告、これを受けてロシアも条約義務履行の停止を宣言、核戦争への〝縛り〟が解かれた格好である。未来論やSF小説の修辞としてではなく、リアルに「世界は破滅の淵にある」と言えるのではないか。

アタリは予言する。「北朝鮮は韓国も占領しようとするだろう。そうなれば北朝鮮とアメリカの戦争が始まる。アメリカは、国境沿いの非武装地帯に二万八千人、日本とグアム駐留基地に四万人の兵力を有する。こうして世界戦争が勃発する」。少々粗っぽい予測と感じないでないが、絶対にありえないと反論できるファクツもないのだ。

一九七〇年代にル・クレジオの『戦争』（豊崎光一＝訳）を読んだ。「戦争が始まった。どこで、どうやってなのか、もう誰一人として知りはしないが、しかしそうなのだ。（中略）毎秒、戦争は前進し、何ものかをもぎ取って、灰に帰してしまう。（中略）誰一人として最後まで立っていられる者はあるまい。誰一人として免除されまい」

戦争をめぐるアタリのしたり顔とル・クレジオの詩的表白。第3次世界大戦がどのみち不可避であるとすれば、アタリの舌先に乗るよりも、ル・クレジオの詩に酔いたいものだ。

非常事態について

オリオン座の1等星「ベテルギウス」に異変が起きている。昨秋から突如暗くなり、明るさが以前の3分の1になっているという。加えて、このたびの新型肺炎騒ぎである。コレラやスペイン風邪などにつぐパンデミックになるかもしれないともいわれる。得体の知れないウイルスへの不安が不安を呼んで、〝内面の新型ウイルス〟とでも言えそうな、これはこれでコロナ・ウイルスよりも怖い心の濾過《ろか》性病原体が世界的に広がっている。

コロナ・ウイルスとの戦いを「戦争」になぞらえるむきも少なくない。〝内面の新型ウイルス〟はそこ（戦争の恐怖と欲動）を温床とし、いやましに繁殖し増殖する。戦争は人間とその共同体の弱点のすべてを晒し、思考をどこまでも暴走させてやまない。であれば、〝内面の新型ウイルス〟は必ずしも「新型」とは言えず、人間集団特有の好戦病の回帰的で反復的性格をリアルに示しているとは言えまいか。

恐怖をテコとして、憲法への緊急事態条項の導入を求める発言も、案の定、ではじめている。人権や自由といった憲法の理念を制限するのもやむをえないというわけだ。しかし、日本国憲法には国家緊急権に関する規定はない。戦争を放棄したのだから緊急事態条項は必要でないということだ。にもかかわらず、現行憲法にいわば「例外条項」を設けよという声は政府・自民党を中心に強まっている。

ここでドイツの法・政治学者カール・シュミット（1888〜1985年）の言説を想いだすのは時節がら無駄ではないだろう。彼は「主権者とは、例外状態に関して決断を下す者である」と揚言しているように、正しい政治が復権する条件は議会制民主主義ではなく、権力者が民衆の人権を果断に制限し、強力な執政権を行使する「例外状態」にあると主張した。

ワイマール憲法は国民主権・議会制民主主義の採用のほか、はじめて社会権の保障について定め、20世紀民主主義憲法の先駆けといわれるが、その48条（大統領緊急令）は、シュミットの考えのとおり、非常事態（例外状態）において大統領が強力な執政権を行使することを認めている。大統領は基本的人権を一方的に停止できる、と。ここにナチスがつけいった。

疫病や不況の蔓延は、人びとをいらだたせ、即決で政治の方向性を定められない、いわゆる〝決められない民主主義〟より、議論ぬきの「アクラマチオ」(熱狂と喝采)を求める傾向がある。これはいま流行の反知性主義とも合体し、〈ぐずぐず考えるな、とにかく従え!〉というファシズムを形成しつつある。待ったなし、新型肺炎との戦いがすべてに優先する…というアクラマチオは、しかし、〝内面の新型ウイルス〟をますます制御不能のものに変異させている。

疫病による国家の変容という観点ではカミュの小説『ペスト』(1947年)はあまり参考にならないかもしれない。が、10カ月かけてペスト撲滅に成功し、歓喜する民衆を尻目に医師リウーがいだく感慨にはドキリとする。「いつか、人間に不幸と教訓をもたらすために、ペストがふたたびその鼠どもを呼びさまし、どこかの幸福な都市に彼らを死なせに差向ける日が来るであろう…」(宮崎嶺雄=訳)

カミュは不条理の回帰的で反復的襲来を預言して、この小説を成功裡に閉じるのだが、にしても、疫病禍にあっての司祭パヌルー、判事オトン、新聞記者ランベール、犯罪者コタールらの神や社会主義にかんする活き活きした議論はどうだろう。新型肺炎禍の現在、人をして得心させる哲学はどこにも見あたらない。医学をふくむテクノロジーの発展はとどまるところがないけれども、思想や哲学は、ひょっとしたらカミュの時代より退歩しているのではなかろうか。

「人間中心主義者」。カミュは『ペスト』のなかで市民らを皮肉っぽくそう呼び、「ヒューマニスト」のルビをふった。人間中心主義者がいつしか変異して、いまの危うい非常事態を支えている。

闇の白さ

二〇二〇年

色で言えば、いまという時はどんな色なのだろうか？　まさか赤ではあるまい。緑ともちがう。青じゃないし。そうだね、あえて言うなら乳色かな。朝もやのような乳白色（opaque white）。このopaque《オペク》というのがクセモノだね。ラテン語の語源では「陰になった、暗い」の意というから、白色の形容詞としては、いささかの屈折がある。opaqueには通常、不透明な、光沢のない、くすんだ、はっきりしない、不明瞭な…という意味があり、これまた、いまという先の見えない時代特有の不気味さを秘めている。

これから世界はどうなるのかな？　よく「暗黒の21世紀」と言うよね。たぶん、みんなが内心戦いている。暗黒の前兆はいくらでもあるけれども、しかし、いま〈これこれです〉と指し示すことのできる確証はない。フランスのある思想家は前世紀末に述懐したものだ。「21世紀の人間がどんな人間か、見当もつかない。せいぜいぼくにわかるのは、それがどのような人間ではないか、それだけだ」。これをわたし流に解釈すれば、21世紀の人間とは、人権とか公平とか博愛とかを旗印にしない者たちだ。それはなにを意味するのか。

　道徳規範がなくなるのだろうか？　もうなくなりかけているとも言える。この際、新型ウイルスをもっと広義に考察してみてはどうだろうか。たとえば、ドナルド・トランプ米大統領その人を試みに〝ウイルス〟と仮定してみてはどうか。彼が世界に伝播しているものだって悪疫じゃないのか。なんども濃厚接触したどこかのクニの首相だってかなり危なくはないか。にしても、核軍拡競争にあれほど血道をあげてきた世界が、数枚のマスクを求めて必死になっているこの風景はどうだ。グレートでバカげた、多義的な〈歴史の皮肉〉とはこのことだ。

　ここで中島敦を想う。「あらゆる重大なことは凡て『にもかかわらず（トロッツデム）』起る……」（「環礁――ミクロネシヤ巡島記抄――」）と彼は記したね。そうなのだ。〈まさか、起きるわけがない〉は、ない。トロッツデムはドイツ語trotzdemで、カフカの愛した接続詞である。ありえないだろうとんでもないことは、これまでも、にもかかわらず起きてきたし、これからも起きるのであるということだ。

ポルトガルの作家ジョゼ・サラマーゴ（1922〜2010年）の小説『白の闇』（雨沢泰＝訳）は、ある日突然、原因不明の伝染病により、人びとが次々に視力を失っていく話である。見えない暗黒はもはや暗黒ではなく「ぶあついのっぺりとした白い色」に囲まれている。感染者は精神病院に強制隔離され、脱走者は銃殺される。各病室の感染者に対し、政府当局者がスピーカーで通告する。それは、どこかで聞いたことのあるような、命令とも弁明ともつかぬ内容だ。

要約すればこうなる。「今般、あらゆる情勢から判断して失明の伝染病と見られるものが発生した。この病気は暫定的に『白い病気』と呼ばれているものである。かかる焦眉の急に際し、我々はあらゆる手段を講じて全力で国民を保護することが責務と考えている。これ以上病気を蔓延させないために我々が伝染病と戦っていること、そして説明がつかない同時発生事件だと指を喰わえて見ているのではないことを国民の皆さんによく認識していただき、皆さんの公共心と協力を頼みとするものである。患者を1カ所に集め、少しでも患者と接触した感染者を隣接した場所に隔離するという方針は慎重な考慮無しには決定されなかった。政府はその責任を十分に認識しており…高潔な国民として責任を認識されることを期待している」

隔離された感染者たちはどうしたか。サラマーゴの観点は冷酷なまでに悲観的だ。感染者のなかに暴力グループが形成され食料の強奪がはじまる。助けあいはほぼない。弱肉強食のルールなき空間のなかで、視覚を失った被隔離者たちはほしいままにレイプされたり飢えたりし、汚物のなかの生き地獄でのたうちまわる。

まさか。しかし、「まさか」こそが、いまもっともリアルなのだ。白い闇とは実相をわざと見ようとしないわれわれの現状そのものである。

「コロナ後」の世界

わたしは本稿を2020年3月31日に書いている。わざわざことわるのは、執筆時と本誌刊行時に相当の時間差があり、情勢が大きく変化しているかも知れないからである。もっとも、わたしの予感は「最悪」か「著しく悪い」かのどちらかだから、大差ないと言えばそうなのだが…。

疫学上のことを語る資格も情熱もない。だが、新型コロナ禍がいま、政治、経済、社会、文化的に世界をどれほど激しく変容させているか、コロナの災厄が終息すればものごとはおおむね〝正常化〟するのか…については大いに関心がある。結論から言えば、わたしはきわめて、きわめて悲観的だ。国家権力というものは「危機」を養分にして肥えつづけるものだからだ。

本稿執筆時点ではまだ「緊急事態宣言」はだされていないが、送稿後の今晩、明朝にでも布告される可能性は大いにある。では「緊急事態」とはそもそもなにか？　大辞林にはこうある。

「①緊急に処置を加えなければならない重大な事態②《法》大規模な災害や騒乱の発生など、治安を維持するうえで急迫した危険が存在する状態。内閣総理大臣は緊急事態の布告を発し、警察を一時的に統制下に置き、また警察力を超える事態と判断した場合、自衛隊の出動を命ずることができる」

ふむ…。ここで想起すべきは、1933年3月にナチス政権下のドイツで成立した「全権委任法」であろう。これは、「授権法」とも呼ばれ、議会が他の国家機関に対して立法権を包括的に委任することをゆるす法律であり、日本の国家総動員法（1938年制定、46年廃止）などとも相似する。

「授権法」により、内閣はほとんど無制限の立法権を与えられ、議会は単なるお飾りでしかなくなった。これは、ヒトラー内閣による事実上のクーデターだったのだが、当時、反対し警戒する世論はあまりにも少なく、国民主権や議会制民主主義の採用など20世紀民主主義憲法の先駆けといわれたワイマール憲法は事実上終わりを告げたのだった。

現在のコロナ禍をめぐる情勢を1930年代と比較するのは筋違いだろうか。いや、これは杞憂でも思いすごしでもない。わたしもわたしの父祖たちも「未曾有の危機」と呼ばれた各時代とその風景を多少なりとも目撃してきた。ではわれわれはなにを学んだのか。こう言うのにはいささかのためらいもないではないが、人間社会は一般に危機に学びはしないものだ。そのことをこそ、わたしはとくと学習してきた。

では、今後になにが起きるのだろうか？　まちがいなくやってくるのは「危機の日常化」「社会の全体主義化（ないしその傾向）」であろう。わたしたちは、哀しいかな、なににでも慣れる。2020年度の日本の軍事予算は5兆数千億円であり、6年連続で過去最高を更新している。この半分でも新型コロナ災害緊急対策費や貧困患者救済に充てるという発想は、現在の政権政党には皆無である。

退役するF2戦闘機の後継戦闘機については、初期設計費111億円、自衛隊最大の護衛艦「いずも」の航空母艦化用改修費も惜しみなく計上されている。次期戦闘機は「将来の戦闘の中核」と位置づけて、「空対空」戦闘能力の向上をはかる方針なのだという。

えっ、あなたがたは本気で戦争をやる気なのか？　正気か？

戦闘機のエンジン性能や航続距離、ステルス性といった設計費のほかに、将来のコンピュータ・システム構築のための研究費なども含めると、関連経費だけでも約280億円になるとか。もっとある。航空自衛隊に「宇宙作戦隊（仮称）」を新設し、宇宙状況監視（SSA）衛星の整備費など数百億円を計上。陸海空共同の「サイバー防衛隊」増強費も盛りこんでいる。これでは平和憲法も9条もあったものではない。

くどいようだが、今回はじめて導入する最新鋭ステルス戦闘機F35B6機は、たった1機で793億円。これでマスクが何枚買えるか。病棟をいくつ作れるか。瀕死の患者たちを何人救えるか。

戦う前から、人類は新型コロナがもつ毒性の狡知に負けているのだ。それは軍拡競争に狂奔してきた人間世界の暗愚と倨傲《きょごう》への痛烈な警告とも思われてならない。

「恐怖はウイルスより早く感染する」

人とじかに対面しないでインターネット電話で話すということを最近、何回か経験した。1時間ほどの会話なのだが、なにか不快な疲れが残った。口を開けば新型コロナウイルスという気疎さのせいだけではない。モニター画面からでてくる相手の声がところどころ、ひしゃげて聞こえたり、金属をこするようなかすかなノイズが雑じったり、顔色が不自然に濃くみえたりして、とてもではないが快適とは言いがたかった。

その不快感をどう形容したらよいのかとしばらく考えた。「赤錆《あかさび》」である。遠くはなれた相手方とこちら側の間にただよう暗い宇宙の海に、ぼうっと無気味に発光する赤錆か赤潮が浮いているようなのだ。それはとうに廃れた文明社会が滴《したた》らせている疲弊の徴《しるし》であるとも思われた。それこそがウイルスというやつではないのか。

ウイルスは自己増殖しないが、遺伝子を有することから非生物・生物両方の特性をもっているという。そのことから「非細胞性生物」あるいは「生物学的存在」とみなされているという。やっかいな存在だが、ウイルスとの戦いを「戦争」と言えるかどうかは大いに問題のあるところだ。感染することで宿主の身体に影響をおよぼし、病原体としてふるまうことがあるとはいえ、不倶戴天の「敵」として殲滅を期そうにも、人類がこれに完全に勝利したことはないのである。

フランスの思想家ジャン・ボードリヤールはかつてウイルスにかんし興味深い指摘をしたことがある。「…ウイルスは、少なくともわれわれが彼らを発見したのとおなじくらいには…われわれのことを発見していたのではないだろうか」(『完全犯罪』塚原史＝訳)。ボードリヤールは「主体が客体を見出す条件」を考察するなかで、われわれという主体(人類)を発見していたのは、じつは客体とばかり思っていたウイルスのほうではないかと示唆して、「悪賢いのは意外にもむこうのほう」だと語る。ウイルスを〝擬人化〟して、やつらのほうが一枚上手ではないかというのだ。

にしても、昨年まではあまり耳にすることもなかった用語と概念がここにきて大手をふっているのには驚きを禁じえない。「ソーシャル・ディスタンス」「ステイ・ホーム」「ナショナル・プライオリティ」「行動変容」「生活様式変更」「自粛要請」etc.。多くは人間の立ち居ふるまいにかんする超法規的ルールなのだが、「コロナ時代の新たな日常」のありようを、市民社会が提示するのではなく、政府から諭されるのには違和感と若干の恐怖をおぼえないでない。

新型コロナウイルスはいま、社会の雰囲気、政治的気流をドラスティックに変えつつある。正確に言えば、コロナに乗じた同調圧力と相互監視、行動と内面の統制が一段とつよまりつつある。憲法改定を望む世論が過半数というのも、コロナ・パニックを利用した恣意的調査の結果であり、現行憲法に緊急事態条項を導入したいとする現内閣の謀《たばか》りはここにきてますます露骨になりつつある。

そしてなによりも貧困の問題。コロナは富める者をも貧しき者をもひとしく襲っているのではない。貧困層にはより過酷に襲いかかり、富裕層との階級格差をひろげて、弱者のより一層の窮乏化をまねきつつある。米国の例をみても、コロナで亡くなるのは黒人とヒスパニクス、白人貧困層が圧倒的に多いのであり、コロナ禍は感染症の惨状である以上に貧困の奈落にこそ張りつく無情のウイルスの仕業であることがわかる。

先日、スティーブン・ソダーバーグ監督の話題の映画『コンテイジョン』（2011年）をみた。二度目。現在のコロナ禍をじつに正確に預言しており、数年前の初見のときよりパンデミックが現実のものとなったいまのほうが戦慄がはしるほどの迫真性を感じた。映画では謎の感染症により米国で250万人、全世界では2600万人が死亡することになっている。「恐怖はウイルスより早く感染する」がこの映画のキャッチコピーであった。言いえて妙である。

「息ができない！」

政府からマスクが2枚届いた。だれがこういうことを考えつくのか、さても面妖なことである。あらゆる見地からして到底受け入れがたい安倍首相のあの顔（凶相かつ貧相）が目に浮かび、そのマスクでわが口を覆うなどもってのほかだから、同居犬の糞つまみに一度使用してから捨てた。

いったいエラい人びというのは、説教好きの東京都知事もそうだが、自己保身と権力強化以外に、下々の生活の苦しさ、不安に思いを致し、真実、胸を痛めたりすることがあるものなのだろうか。庶民の苦しみをわがこととして、粉骨砕身して犠牲的精神で働こうとしているのか……どうもそうは見えない。

こうも思う。いままで羊のごとく大人しかったわれわれは、経済の破綻、権力者の不正・腐敗を目の当たりにしながら今後とも穏やかな沈黙を保つのか、それとも風景が一変するような憤怒の群れとなって街頭にくりだすことになるのか。

わからない。が、いまだかつて見たこともない光景がそう遠くない将来に待っている

二〇二〇年

という予感をうちけすことができない。なぜか？　エコノミストたちが予想する失業率の高さである。解雇されなくても休職を強いられている労働者（いわゆる「隠れ失業者」）を含めると、失業者は300万人超で、実質的失業率は戦後最悪の11％台になるというのだ。

それでも、コロナ禍ですでに10万人以上が死亡し、労働市場の5人に1人が職を失った（本年5月末現在）米国の奈落に比べれば、日本はまだマシなのかも知れない。米国はいま、目を疑うような苦境に陥っている。8月までに新型コロナによる死者は15万人近く（あるいはそれ以上）になるとも予測され、人びとの苛立ちがつのっている。

中西部ミネソタ州ミネアポリスで5月に起きた、複数の白人警官による黒人に対する暴行殺人事件は、こうしたことを背景に全米に怒りの波を生じさせた。抗議デモは同月30日までに、ミネアポリスのほか70都市以上に広がり、南部ジョージア州アトランタにあるCNNテレビ本社もデモ隊の一部に襲撃されたほか、ホワイトハウス周辺でもデモ隊が警官隊ともみ合いになった。

デモ参加者のなかには放火や略奪をする者もあり、警官隊は市民や取材記者らにみさかいなく催涙弾、ゴム弾を発射。1992年のロサンゼルス暴動を想起させるような事態となった。トランプ大統領はツイッターでデモ隊を「悪党ども」ときめつけたほか、デモ隊への銃撃許可をも示唆し、火に油を注ぐような結果となっている。

人種差別を元とするこの種の暴動は、米国では過去に何度も起きている。しかし、今回はなにかがちがう。わたしは抗議デモの現場実況放送をNBCテレビなどで見つづけたが、デモ参加者らにより叫ばれたある言葉が耳について離れなかった。それは「I can't breathe!(息ができない!)」であった。「No Justice No peace(正義なくして平和なし)」というシュプレヒコールとともに、I can't breathe!は、米国だけでなくまさに現在の世界を象徴する悲鳴に聞こえた。

ミネアポリスはもともとは小麦製粉と美しい湖で有名な静かな街である。殺された黒人は、偽ドル紙幣を使った容疑で逮捕、手錠をかけられ、路上に転がされた。さらに警官の膝で首を押しつけられたまま数分間、呼吸困難の状態におかれた。そのとき、黒人の喉から絞りだすように発せられたのがI can't breathe!であった。

現場の模様は市民らのスマートフォンで撮影され、全米に拡散された。人びとの怒りと嘆きは、新型コロナ・パンデミックと未曾有の経済破綻で一気に倍加された感がある。このまま手をこまねいていれば「現代史上、最も暗い冬に直面するだろう」と言われるコロナ禍。「息ができない!」の声は、新型ウイルスのせいだけでなく、貧困など社会に依然残っている古くて新しい諸矛盾から噴きだされた断末魔の叫びではないのか。日本にとっても対岸の火事ではない。

「適切」とか「不適切」とか

茶碗の冷や酒をグビグビと飲みながら授業をする中学教師がいた。いまから思えばとんでもない話だが、子どものわたしはひどく驚くということもなかった。生徒たちは教師によくビンタを張られた。鼻血がでるほど殴られる生徒もいた。それでも、殴った教員が保護者会（昔は「父兄会」と言った）で問題になり懲戒処分されたという話も聞かない。生徒を宿直室につれてゆき酒の相手をさせた先生もクビにはなっていない。

登校時にアオダイショウを襟巻きのように首に巻いてくる悪ガキがいた。学校でそのヘビの皮をベリベリと剥《む》いてみせて得意がった。皮が剥がされ白っぽくなったヘビが、それでも逃げようとしてニョロニョロと這って動くのを女性教師の悲鳴を背にじっと見入ったこともある。ヘビは結局、炊き込みご飯にされたらしい。

イシモチを釣る餌は、生きたアメリカザリガニがよい。甲羅のまま針につけるのではなく、甲殻をきれいに剥くのである。では、アメリカザリガニを捕るにはどうするかというと、生きたカエルを餌にする。それも皮を剥いたやつのほうがザリガニの食いつきがよい。白状すれば、わたしも無数のカエルの皮剥きをやった。両手が洗っても洗っても生臭くなるほど。

そのころ、「適切」とか「不適切」とかいう言葉を聞いたことがない。言葉としてはあったはずなのだが、おそらく日常用いることがごく稀な、どちらかというと理科系の用語だったからではないだろうか。というより、ものごとには実際上「適切」も「不適切」もあったものではないと、世の中がぐうの音もでないほど知らされていたからだろう。

このクニはこれ以上はないほど「不適切」な侵略戦争を長期にわたっておこない、無辜の民を殺しまくり、あげく核爆弾を二発も落とされて多数の市民が虫けらのように虐殺されながら、それらの「責任の所在」をいまだもって明らかにしようとはしていない。いわば「不適切」きわまる土台に普請《ふしん》された、あいまいな近現代史を抱えたまま「コロナの時代」をむかえたのであり、歴史は〝終末〟さえ予感させながら、大きな波に洗いなおされている。

そしていま、「新しい生活様式」が呼号されている。それは感染予防のための手洗いやマスク着用、いわゆる「社会的距離」遵守などのことだろうけれども、なにか度を超してきつつあるようでもあり、ときに不快である。この社会の神経症的潔癖化や他者が清潔かどうかを監視しようとする眼差しがさらに病的ストレスを生み、差別や偏見を再生産しているようだ。

どうだろう、人間社会の本源的価値や自由のありようが、「新しい生活様式」の名のもとに無視されたり排除されたりしてはいないか。われわれがもつ「私権」には本来、〈不健全とされることをも楽しむ自由〉をふくむはずであった。もしもそれが〈みずからの享楽のために社会全体を考えない者の自由は制限してもよい〉となるのでは全体主義的倒錯である。

「社会ダーウィニズム」という言葉がある。ダーウィンの生存競争による〈適者生存〉の理論を拡大解釈ないし故意に誤用して、弱者は淘汰されて社会が進化する、という説で、ナチズムの人種理論、優生学の一翼をになった。これが現在、それとわかるやり方ではないにせよ、暗々裡に容認されつつあるのではなかろうか。

コロナ禍にもみこまれながら見失っているものがありはしないか？ それは、人や動物や物との手触りや温もりや匂いをともなう直接的関わりの尊さである。「社会的距離」やリモート交信の間接性は、あくまでも感染予防のためなのであり、人間同士の交流としては最悪の方法と言わなくてはならない。

握手し、口角泡を飛ばして議論し、額を寄せて愛を語り、ハグしたりするのが人というものだ。体罰はむろんよくない。動物虐待も絶対いけない。しかし、遠い記憶の根底にひっそりと張りついている隔壁なき感触の生々しさこそ、「不適切」と言われようとも、こよなく懐かしいのである。

「白足袋の人びと」と「ペスト塗り」

二つの言葉がいつまでも熟《こな》れずに胃のあたりにわだかまっている。「白足袋の人びと」と「ペスト塗り」である。これらの言葉が体内に入った時期はだいぶ異なる。「白足袋」が前世紀で後者は近年のことなのだが、まるでじっさいに視た光景のように記憶の暗がりでまだ生々しく浮き沈みしている。

「白足袋の人びと」のことは哲学者の串田孫一さん（1915〜2005年）から直にお聴きしたのだった。1996年の初頭である。「関東大震災（1923年）のときに、朝鮮人が毒を井戸に入れるという噂が広がったでしょう。朝鮮人が白足袋をはいて、屋根から屋根へぱあっと飛んでいくのを見たと言いだしたんです。そうしたら近所の人も、私も見たと言うんですよ。でも、実際には白猫が2匹で追いかけっこしていた…」（串田孫一『星と歌う夢』平凡社　所載「辺見庸との対談」）。

このことと重なるのは、16〜17世紀、イタリア諸都市を荒廃させたペスト蔓延時代に生まれた幻覚的噂「ペスト塗り」である。危機にあっては、恐怖のあまり幻視とデマが巧みに糾《あざな》われ、ありもしない光景をたちあげてしまう。ペスト菌をあちこちに塗りたくり、感染症をばらまいている天人ともに許しがたい悪人（多くはなぜか外国人）がいるから気をつけろというわけである。近世イタリアではこの「ペスト塗り」の存在が意外にも少なからぬ人びとに信じられたようだ。

思想家G・アガンベンによれば、ミラノ当局は当時、実際に「慈愛に欠ける幾人かの者たちが家々の扉や閂《かんぬき》、市街の道角、国のその他の場所に感染性のペストの油脂を塗り、私的な場にも公的な場にもペストをもたらそうとしている」というお達しをだし、「ペスト塗り」告発者には賞金までだしたという。「ペスト塗り」などむろん存在しなかったのだけれど、災禍にあっては「ないもの」がむしろ「在るもの」以上の〝リアリティ〟をもって語られるのは、なぜなのだろうか。

新型コロナウイルスが猛威をふるういま、新聞、テレビの報道にも街の様子にも釈然としないことがあまりにも多い。感染者が感染の事実を公然と語りにくいことにも驚く。コロナ罹患がいつの間にか触れてはならないある種の社会的〝禁忌〟のようにあつかわれ、そのことが感染者の静かな増加につながっているようでもある。

災禍の被害者が社会の庇護を受けるのは現代の共同体では自明とみなされてきたのだが、実際には助けられるべき被害者が逆に差別され排除される例が後を絶たない。コロナでもそうだ。罹患して入院、治療を受け、健康を回復して退院しても、感染の病歴は口外しないように会社から暗に言われたという事例もある。

つまり、コロナ感染はだれにでも起こりうることであるにもかかわらず、あたかも〈悪事をはたらいた〉かのようにみなされることもあるということだ。屋根から屋根へと飛んでゆく「白足袋の人びと」や油脂性の病菌をまく「ペスト塗り」のバカげた妄想は、じつのところ21世紀現在でもしつこく残っているのである。

蠢々《うごうご》とする悪意に似たなにか……それは新型コロナの謎の病症であるとともに、人間の内面に宿る無知ではすまされない〈不信〉の種子でもあるようだ。わたしにはかつて原爆被爆者の友人がいた。かれは「まるで悪性伝染病患者のように」厭がられるという理由で、被爆者であることを親友以外にはめったに明かしはしなかった。そのことを悲しみとともに思いだす。人間〈不信〉という悪い種子はコロナとともに地球全域に伝播している。アガンベンはこの状況について「それぞれの個人を潜在的なペスト塗りへと変容させている。これはちょうど、テロに対する措置が、事実上も権利上も全市民を潜在的なテロリストと見なしていたのと同じである」と述べる。そして、人間存在が単なる「生物学的なありかたへと縮減され…人間的・情愛的な次元のすべてを失った」と嘆くのである。

コロナの災禍は〈人間とはなにか〉という、最も根源の問いをつきつけてやまない。

日常の崩壊

「日常」とは、つねひごろのことであり、「日常茶飯」といえば、ごくありふれたことである。陽当たりのよい廊下に猫が寝そべり、庭木が柔らかな影を落とし、秋になればキンモクセイがほの甘い匂いを茶の間まで運んでくる。あの香りの主成分は揮発性のモノテルペン類だといつか教えてもらったが、モノテルペン類とはなにかわざわざ調べたことはない。でも、キンモクセイがどの辺にあるかは知っている。

ダチュラが近所のどこに生えているかも見当がついている。あれはマンダラゲと呼ばれたりキチガイナスビとかチョウセンアサガオとか称されたりもする。そうした名前になにがなし悪意がこもっているような気もするけれど、こだわって考えてみたことはない。日常というのはそれですむ。それですんできた。物事の本然を詰めず、問わず、それぞれの現象の背景や異同や急変を前提にしないで、時間をやりすごす。

いやなことには目と耳を閉じるに如《し》くはない。我関せず焉《えん》。日常を心穏やかにすごす基本はそれだ。だがしかし、いやでも耳目に飛びこんでくることもある。自民党総裁辞任の記者会見は、テレビを消そうとしてリモコンスイッチを探しあぐねているうちに始まってしまったのであって、好きこのんで見たわけではない。果たしてショックを受けた。

その衝撃は電気ショックのような瞬間的なものではなく、重く鈍麻な、しかし持続する痛みに似ていたかもしれない。第一に、わたしはいま、かれがなにを話しなにを訴えたかを、「痛恨の極み」とかなんとかいう政治家の常套句をのぞき、ほとんど覚えていない。そうして、これほど覚えていないことの、すさまじいまでの〝覚えていなさかげん〟はどうだろう。ズールー語のような未学習の他言語でも聞いたように、または悪水を飲みかつ浴びでもしたように、全景をぼんやりと不快な出来事として記憶しているだけなのだ。

ズールー語ならまだしも学ぶ価値がある。けれども、かれの話には学ぶべきなにものも感じはしなかった。鬱々としてくる。視圏の外においてきた日常に仕返しされている。そう思えてきた。かれとかれを中心とする政治的日常について、わたしの脳裡には禍々《まがまが》しいクロノロジーがある。

2012年、第二次安倍内閣発足。2013年、特定秘密保護法成立。2014年、「防衛装備移転3原則」および「集団的自衛権行使容認」の閣議決定。2015年、安保関連法成立。2017年、「共謀罪」の創設をふくむ「改正組織犯罪処罰法」成立。2019年、自衛隊の中東派遣を閣議決定。2020年9月現在、コロナ禍により2008年のリーマン・ショック以上の大不況…。

さらに前に遡れば、1999年の段階で、「周辺事態法」、「通信傍受法」、「国旗国歌法」、「改正住民基本台帳法」などが次々と成立し、すでにして戦後平和憲法下ではありえなかったポイント・オブ・ノーリターンの危険水域に入っていたのだった。年表にしてしまえばなんのことはないようでいても、このクニはじつのところ心身ともに「武装」してしまったのである。武装も武装、完全武装と言ってもいい。

すべてを政権のせいにするのはたぶんまちがいである。政権を暗黙のうちに、あるいは無関心や誤解や幻想から、結果的に支えてしまうのは、政権外の日常に棲まう寄る辺ない「民衆」だからだ。われわれ民衆は「個」にばらけたり、ときには「全体」にまとまったりする。

いまはコロナ危機のなかで「新しい全体主義」が勢いづいてきているといわれる。歴史はめぐりめぐって、過去とまったく同一ではないけれども、過去と怪しげな相似性をもつ、「反復」と見まがう展開をすることがある。コロナの災厄の過程でそれと知らず失いつつあるもの…それは精神の安定と、「個」であることの自由ではないか。日常は音もなく変調し、すでに「非日常」化している。サルスベリの花が舞っている。昨夏とおなじように。

「死」の近さ

二〇二〇年

YouTubeの映像がずっと目にやきついている。駅のホーム。マフラーを巻いた制服の女子高生らしき少女の背。それが線路側にゆっくりと近づいていく。ああと思う間に、突然、背中がかき消える。線路に跳び込んだのだ。ほぼ同時に電車が入ってくる。闇が交差する。その時点で大事ななにかが終わった。ダイブというほど大げさではない。境界をふわりと越えて、段差のある別天地に降りてゆくようであった。

ホームのどこかにスマートフォンでも置いていたのか、事の始終は背後から撮影されていた。この世への怨嗟《えんさ》なのか告発か…。にしても、自死を撮影し、それをだれかがYouTubeに「投稿」するということの心根と目的がよくわかりかねる。ただ驚くのは、どこにも出口のない悲痛な感情が、若者たちの見かけの明るさの底に重く滞っているらしいことだ。

ことし8月の自殺者が1850人を超えたという。前年同月と比較して251人増。男性は64人増えて1203人、女性は187人増で651人。自死した人々がかつて年間3万4千人もいたこの国では、約40人に1人は自殺者の遺族ともいわれる。ニッポンの自殺者数は世界で8番目で、米国の2倍、英国やイタリアの3倍…などと、数字を羅列されても実感がわきにくい。

「自殺者数は、死体が発見された都道府県及び月に計上している」。警察庁発表の「令和2年の月別の自殺者数」の一覧表に付記された文言のほうがいっそリアルだ。

かつてない不況、新型コロナの流行による雇い止め、非正規・派遣切り、社会の閉塞感など自殺の背景には諸説あるけれども、わたしには別の仮説がある。それは、「生きることが報われない」という、模糊として、かつきわめて具象的でもある感覚が社会全体に蔓延しているのではないか、ということだ。

案外に知られていないのは、ニッポンの1人当たりの国内総生産（GDP）は、2018年にイタリアと韓国に追い抜かれて世界22位になり、最低賃金の低さはOECD（経済協力開発機構）諸国の平均の3分の2にも満たないという事実。このクニの平均的生活者は、いわゆる「アベノミクス」の空騒ぎと裏腹に、気がつけば、すでに豊かではなくなり、べつの言い方をすれば、アンダークラス（下層階級）が膨らみつつある。

ここで見逃せないのは、自殺者数の増加の要因に、女性と若年層がある点である。8月の自殺者数の増加分のうち約75％が女性である（9月16日付「ニューズウィーク」）。また、医療系企業の調査によれば、大学生の44％にうつ病の可能性があることが明らかになったという。

社会の気流がどうもおかしい。人びとの心が疲弊し、撓《たわ》み、たがいに傷つけ合い、複雑に歪んでいる。「生きることが報われない」と書いたけれども、その甲斐のなさや空虚感、空洞感について真剣に論じようとする空気はかつてより薄らいでいる。テレビやラジオからは一日中、バカ笑いが聞こえる。格差や貧困や差別、不正がこれほどまでに歴然としているのに、それを個々人が故意に「見まい」、「感じまい」としているようでもある。

若者たちはSNSで見たいものだけを見て、聴きたいものだけを聴く。かくして格差や貧困がどれほど増大しても、それを個人が「感じないですむ社会」つまりは疑似内面社会が形成されてゆく。おそらく、感じまいとすることによって自己防衛をしているのだ。

貧困はいつの時代もあるだろう。しかし、貧窮者や弱者の存在をこれほどまでに「見まい」、「感じまい」としている時代がかつてあっただろうか。貧困と他者尊重の欠如という二重のスティグマ（刻印）が徐々にはっきりしつつある。

わたしの住まいから私鉄の駅が見える。その駅のホームから先日、女性が電車に飛び込んで亡くなった。この私鉄では必ずしも珍しいことではない。珍しくないと書いてゾッとした。

昨日、駅に向かい歩いていたら、ウマオイが一匹死んでいた。緑の翅が透けるように美しく空気に滲んでいた。

「世界はかように動揺する」

しわくちゃの千円札の「顔」を見るたびに同情を禁じえない。なるわけもないのだが、こうはなりたくないと思う。紙幣の顔になって、折りたたまれ、他人の手垢にまみれるなんてまっぴらである。夏目漱石（1867〜1916年）自身が望んだわけではなかろうからいたしかたないにせよ、なんだか残酷である。

資本主義はいかなる文豪でもお金に変えてしまう。だが、漱石の次の言葉がわたしから離れたことはない。

「世界はかように動揺する。自分はこの動揺を見ている。けれどもそれに加わることはできない。自分の世界と現実の世界は、一つ平面に並んでおりながら、どこも接触していない。そうして現実の世界は、かように動揺して、自分を置き去りにして行ってしまう。はなはだ不安である」（『三四郎』1908年）

ここでの「動揺」とは、日露戦争（1904年）勝利に昂揚するニッポンや社会主義革命へと続くロシアの民衆運動などを指すのだろうけれども、それらにこだわる必要は

二〇二〇年

なさそうだ。世界史的変動を「一つ平面」で目撃しながら、みずからは身動きできないままとりのこされてゆく「疎外感」を不安というなら、先を見通せないコロナの災厄とかつてない経済不況の現在には、『三四郎』の時代以上の暗黒が広がっているとも言える。

しかし、後知恵ではなく実時間に、状況の病性の救いがたい酷烈さを指摘するくらい困難なことはない。米国立アレルギー感染症研究所（NIAID）のアンソニー・ファウチ所長は「2020年は近代以降最も暗い年になるだろう」と議会で証言し、トランプ大統領をあわてさせたが、「暗黒の2020年」説は、果てしもない〝大崩壊時代〟の幕明けを予感させる紛れもない事実であることが、世界4千数百万人のコロナ感染者数をもってすでに証明されている。

現実の世界はかように動揺しているけれども、手を拱《こまね》いて見ているしかないのか。人間はハッピーバースデー・トゥ・ユーを2度歌って手洗いする程度の知恵しかないのだろうか。青春恋愛小説でもある『三四郎』はそのあたりの理屈をだらだらと捏《こ》ねたりはしないのだが、そこは漱石、要所はビシッときめる。

主人公・小川三四郎が同じ列車に乗り合わせた髭の男に「しかしこれからは日本もだんだん発展するでしょう」と問いかけると、かの男は、気張りもせずに応じる。「滅びるね」と。漱石の分身でもあるだろう髭の男の予言は見事に当たった。富国強兵の掛け声のなかで増長に増長をかさねたニッポンは侵略戦争の果ての1945年にたしかに、いったん「滅びた」。

車中いっしょになった「じいさん」はこんなことを言う。「いったい戦争はなんのためにするものだかわからない。あとで景気でもよくなればだが、大事な子は殺される、物価は高くなる。こんなばかげたものはない」

一般論ではない。日露戦争批判である。小説とはいえ、実時間にこう語らせることの危険を作家が知らないわけがない。

激動する世界の大状況から疎外され、取り残されがちの人間を、漱石はしばしば「自死」の領域から描き、そうすることで「かように動揺して、自分を置き去りにして行ってしまう」世界から寄る辺ない個人を掬《すく》い上げている。100年以上前の作品の生々しいまでの今日性はおそらくそこにある。

三四郎はある夜、汽車に飛び込んだ若い女性の、死の直前の声を耳にし、ややあって轢死体を見てしまう。あまりにも凄惨な描写の後に、「人生という丈夫そうな命の根が、知らぬまに、ゆるんで、いつでも暗闇へ浮き出してゆきそうに思われる」と漱石は書く。

自殺へとむかうその女性は「ああああ、もう少しの間だ」とつぶやき、三四郎はその言葉こそ「すべてに捨てられた人の、すべてから返事を予期しない、真実の独白…」と

二〇二〇年

感じる。『三四郎』が書かれたはるか昔ではなく、これは２０２０年現在のリアルな悲痛と思えるのはなぜだろうか。

二〇二一年

なぜ働きつづけるのか

宅配業者は食品の受取人よりもウイルスにさらされる可能性が高い。にもかかわらず、なぜ働きつづけるのか?——現代フェミニズム思想界を代表する米国の哲学者ジュディス・バトラーはかつて、ごく当たり前の、しかし、であるがゆえに、めったには問われることのなかった問いを問うた。答えはいたって簡単である。相当のリスク(場合によっては「死」)があっても、失業したくないからである。

現実は小理屈ではすまないほどリアルである。もともとそうだったのだが、ますます隠しようがないほどに切羽づまってきた。コロナと大不況…人間はいまや「生きるか死ぬか」というほどに追いつめられていると言ってもオーバーではないだろう。失業したくないから、条件が悪くとも働きつづける。だが、働くのも命がけである。生活のためにはウイルス感染の危険を冒してでも労働せざるをえない。失業—貧困—病気—無収入のプロセスは、もともと頼りないセーフティネットから容易に漏れ、死へと直結する。「誰が命がけで働くのか。誰が死ぬまで働かされるのか。誰の労働が低賃金で、最終的には使い捨て可能で代替可能なものなのか」。バトラーによれば、パンデミックはこれら「一般的な問い」を、あらためて生々しく浮かびあがらせ、答えを迫っている。「職業に貴賤なし」「同一労働・同一賃金」といったお題目は、依然、〝正論〟ではあるのかもしれないが、従来の足場を失いつつあるのだ。

昨夏、若い女性がカッターナイフを手に真珠販売店に入り、お金を奪おうとしたが未遂、すぐに交番に自首したという記事が九州の新聞に載った。女性は、新型コロナの影響で客足が遠のいたうどん店を解雇され、生活に窮し、公園で寝泊まりするようになった。彼女は一時「食べ物をください」と書いた紙を掲げて公園に立っていたという。胸が締めつけられる。

この風景は、路上生活者の女性をバス停のベンチから立ち去らせようとしてひどい暴力をふるい、死に至らしめた、〝きれい好き〟の住民の挙措と重なる。新型コロナは多数の失業者とともに、おびただしい「過剰潔癖症候群」を生みだしつつある。後者は一般に、職を失い重い影を引きずって街をさまよう人びとを地域から排除しようとする。お腹を空かせた失業者がコンビニでパンや弁当を万引きすると、さもとんでもない重大犯罪でもあるかのように詰《なじ》る。

なんだか胡乱《うろん》な目（いったい、あのドロンとした目に未来を拓く清新な理想があるだろうか？）

をしたこのクニのトップによれば、「自助・共助・公助」だそうである。なべて「自己責任」なそうな。福祉・公共サービスを縮小し、公営事業は民営化、規制緩和により競争を煽り、貧者・弱者保護政策を最小化するいわゆる「ネオリベラリズム」を臆面もなく推進する現政権にとっては、「食べ物をください」の女性も、殺された路上生活者も、増えつづける自殺者も、「自己責任」ということになるのか。ひどい！

1970年代のスタグフレーションをきっかけに物価上昇を抑える金融経済重視政策が世界の主流となり、レーガノミクスに象徴されるような「市場原理主義」への回帰が大勢となった。いうまでもなく、ここには貧者・弱者保護の精神はまったくない。2013年6月発表の「日本再興戦略」などいわゆる〝アベノミクス〟も、大胆な金融政策、機動的な財政政策、民間投資を喚起する成長戦略を政策運営の柱としたが、まちがえてもらっては困る。レーガノミクスもアベノミクスも、貧者・弱者切り捨ての上に成り立った、「富者のための戦略」だったのである。

コロナの時代のいま、哀しいかな、「生は特権化された人々の権利にすぎない」（バトラー）のかもしれない。貧しき人びとは、にもかかわらず、コロナの死線を越えて日々働きつづけなければならない。でなければ、今日を生きながらえることができないからだ。

クモとスプレー

二〇二一年

どこからきたのか、部屋に小さな糸くずみたいなクモが一匹棲みついている。季語ではクモは夏だが、冬のいまでも、陽が差して暖かくなると暗がりからノソノソと這いでてくる。いつ、なぜ、ここにくることになったか、わからない。同居している老犬は、晩夏にベランダに飛び込んでくる瀕死の蝉には関心を示すけれど、クモには一向に興味がなさそうだ。

クモは壁や床をさっと滑るように移動しては、突如、停止してうずくまる。どういうわけか「動」と「静」の間に、助走や徐行のような中間的動作がないから、痙攣的な生き物に見えることがあるけれども、それはわたしという人間を中心にした見方であり、彼女には彼女の理由があるのだろう。

彼女と書いたが、クモには雌雄の別があると知り、ちょっと調べてみたのだ。クモの頭には昆虫の触覚みたいなものがはえていて、これを触肢《しょくし》という。オスではこの触肢の先端が膨らんでいて、メスでは触肢の先端が歩脚と同じようになっている。てなことを、わたしは図鑑ではなく、実物を矯《た》めつ眇《すが》めつして、「彼女」であると確認し、なんとなく反射的にヘイゼルと命名した。

ルーペを使ったのではない。裸眼でヘイゼルを観察し、右記のことがらを確認したのである。先日、白内障を手術してもらったら、視力が予想以上によくなり、世界が一気に変わった。黒い老犬の白髪がやけに目立ち、テレビをみれば都知事のアイシャドーがリアルに目に飛び込んでくる。

ヘイゼルは、わたしがレーガン政権時代の米国に留（遊）学したとき、いっときホームステイした家の、痩せた老婦人のファーストネームである。グレナダ侵攻（1983年）のころだった。彼女はあのときすでにかなりの高齢だったから、いまごろは天国だろうな、とクモを見ながらしみじみ想いだす。胃痛もちでショートテンパーのヘイゼルとわたしはあまり仲がよくなかった。

彼女はジャパンをずっとコリアとかんちがいしていた。それは結構だが、わたしの帰宅が遅すぎるの、自分のローファァット・ミルクを飲んだのと腹をたて、いったん怒りだすと制御不能になり、ときにはわたしを『罪と罰』のラスコーリニコフの気分にさせたものだ。が、それもいまはそぞろに懐かしい。生きてあれば、哀想幽思こもごも起り、こもごも去るのだ。

あのころは、とにもかくにも、コロナはなかった。または、しかとは気づいていなかった。かほどまで執念《しゅうね》くつきまとうものをだれも想定してはいなかった。いまはどうだ。「プレ・コロナ」—「ウィズ・コロナ」—「アフター・コロナ」とか賢しげに言う。後知恵である。そして、あいかわらず「人間中心」の宇宙観を手放そうとはしない。まったく、クモなど員数外なのである。

コロナ、コロナ、コロナ…コロナが世界を変えつつある。毎日、感染何人、死者何人、重症者何人と報じられる。以前はよく見えなかったテレビ画面の数字や字幕が術後、見えるようになった。だからといって、数字の奥の未来や過去が見えるようになったわけではない。目が見えるようになったのは事実だけれど、見えるけれどもさっぱり見えない靄《もや》のごとき逆説は、術前にもまして、いま眼前にぶあつく立ちはだかっている。

先日、ファミレスの窓越しにマスクをした母子を見た。子どもが店に入りたがり、階段に寝そべり駄々をこねている。母は無言。ただ冷然と見おろしている。ややあって、母がポケットからなにかをとりだした。よく見えるというのは、怖いことだ。細長いスプレーであった。プシュー。子どもの顔に噴射。子どもはバネ仕掛けのように立ち上がり、母子はなにごともなかったかのように立ち去った。

人びとは苛立ち、風景はどこも尽《すが》れている。

二〇二一年

「言」と「躰」

このところ昔日をしきりに回顧する。わたしは若いころ、ジャーナリズムの世界に身を置いていたのだが、一度としてそれが「真っ当」だと得心したことがない。どころか、ことさらにジャーナリズムを標榜すればするほど、そのじつ権力になずんだそれが「いかがわしい」ものに思われてしかたがなかった。肩で風を切る記者や傲岸な同業者に、おのれの似姿を見る心もちがするせいだろう、内心いくども舌打ちしたものだ。

いまでも「社会の木鐸《ぼくたく》」などと言ったりするのだろうか。世人に警告を発し教え導く人。そのような高邁でどこか嘘くさい理想像を心から信じたこともない。結局、度しがたい自己嫌悪と自己分裂を押し隠しつつ、わたしは特ダネ競争という麻薬を克服することもできずに悪ずれた記者生活をおくり、やがて疲弊して社を辞めた。

辞めたら空っぽの自分がいた。躰に残っていたのはたった一個の、どうということのないアフォリズムだった。「饒舌のなかに言葉はない」。訥弁《とつべん》ないしは沈黙をわたしは好むようになっていた。口を噤んだままやれる仕事を探した。東京・山谷のどや街近くにアパートを借り、とうに五十五をこえていたのに日雇い労働者になろうとした。

地下足袋をはいて未明の4時に寄せ場に行き、歳をいつわって建築工事現場の仕事にありついたはいいけれど、肝心の躰が言うことをきかない。セメント袋1つ（約25キロ）運ぶのさえやっとである。重い！　一方でわたしより年長の労働者がセメント袋2つ（ときには3つ）を肩に重ねて炎天下、軽々と、黙々と、しかも何度も運んでいくのを見て、肝をつぶした。

その衝撃は「受傷」というにふさわしく、いまだに癒えない。世界について喋々と弁じるおとこが、セメント袋1つ運ぶのも息も絶えだえ――というのは、しばしばありうる現実だろう。だが、わたしにはこの「言」と「躰」の乖離が人間存在の本質的謎を秘めた背反であるにちがいないと感じられてならなかった。

日雇い作業員をあきらめたわたしは、次にホームレス支援のボランティア・グループの一員となって路上生活者支援の活動をした。と言えばいかにも聞こえがいいが、じつはここでも「言」と「躰」が撞着してわたしを悩ませた。一口にホームレスといってもじつに様々である。アルコール依存症や精神障害者らしき女性、借金苦からの逃亡者、他人には断じて口をきかない人…等々、一人一人が各々の語りえぬ訳と物語をもっていた。

段ボールハウスで身ぎれいに暮らすひともいれば、まるで地蜘蛛のように路上をはいずり、食堂の生ゴミをあさるおとこもいた。冬場の夜更け、蕎麦屋のゴミ箱から冷えた蕎麦を手づかみで口にはこびズルズルとほおばっていた裸足の無宿者の、それはもう鬼気せまるのを通りこして、いっそ〝荘厳〟とも見えた一瞬の横顔を忘れることができない。

テレワークだとかリモートワークだとか、言葉の軽みに隠された貧困の深い傷口が気になる。華言《かげん》を吐けば吐くほど傷は痛み疼き、言葉ははねつけられるか空しく宙に浮く。「エッセンシャル・ワーカー」だってそうだ。米国ではご丁寧にエッセンシャル・フロントライン・ワーカーと言ったりする。〝上級国民〟もいやな言葉だけれど、いまさらとってつけたようなエッセンシャル・ワーカーの偽善的響きには密かに眉をひそめるほかない。

とどのつまり、わたしは前世紀に経験した、人びとの肉体との直の接触をいまもなお言葉にできないでいるのだ。ある夜、路上にうちたおれた無宿者を抱きおこしたことがあった。抱擁のように。たちまち激しい臭気にまみれて昏倒せんばかりとなった。「躰」はすごい。安っぽい「言」を手もなくなぎ倒す。コロナ禍のいま、あれらの光景を見すごした予兆のように想いだしている。

本書は月刊「生活と自治」（生活クラブ連合会）2014年2月号から2021年3月号に連載された「新・反時代のパンセ―不服従の理由」を再構成したものである。
本稿連載にあたっては月刊「生活と自治」編集室の山田衛、元木知子の両氏にお世話になった。記して御礼申し上げる。

辺見 庸

辺見庸《へんみ・よう》

1944年宮城県石巻市生まれ。70年共同通信社入社、北京特派員、ハノイ支局長、外信部次長などを経て96年退社。78年中国報道により日本新聞協会賞受賞、87年中国から国外退去処分を受ける。91年『自動起床装置』で芥川賞、94年『もの食う人びと』で講談社ノンフィクション賞、2011年詩文集『生首』で中原中也賞、12年詩集『眼の海』で高見順賞、16年『増補版 1★9★3★7』で城山三郎賞を受賞。他の著書に『赤い橋の下のぬるい水』『ゆで卵』『永遠の不服従のために』『抵抗論』『自分自身への審問』『死と滅亡のパンセ』『青い花』『霧の犬』『月』『純粋な幸福』など多数。

コロナ時代《じだい》のパンセ

戦争法《せんそうほう》からパンデミックまで7年間《ねんかん》の思考《しこう》

二〇二一年四月二五日　第一刷
二〇二一年六月　五　日　第二刷

著者　辺見　庸
発行人　小島明日奈
発行所　毎日新聞出版
〒一〇二-〇〇七四　東京都千代田区九段南一-六-一七　千代田会館五階
電話　営業本部〇三-六二六五-六九四一
図書第二編集部〇三-六二六五-六七四六
印刷　精文堂
製本　大口製本
ISBN978-4-620-32683-2